La Marchesa Colombi

Il tramonto d'un ideale

Texte et illustration de couverture : © domaine public
Edition : Culturea (Hérault, 34)
Contact : infos@culturea.fr
Retrouvez notre catalogue sur http://culturea.fr
Imprimé en Allemagne par Books on Demand
Design typographique : Derek Murphy
Layout : Reedsy (https://reedsy.com/)

Dépôt légal : janvier 2023

ISBN : 9791041842346

Non c'era anima viva in tutto il territorio di Fontanetto e nei dintorni, che non conoscesse il Dottorino. Erano vent'anni che lo chiamavano così, dacché era giunto in paese col titolo di medico-condotto. Allora era un giovanotto sulla trentina, galante, allegro, compagnevole. Per distinguerlo dal suo predecessore, avevano affibbiato al nuovo venuto il nomignolo di Dottorino; anche un po' per vezzeggiativo; era tanto simpatico! Ed il nomignolo gli era rimasto sempre, malgrado gli anni ed i mutamenti avvenuti nella sua persona, che protestava tutta quanta contro quel diminutivo. Quando lo conobbi, poteva avere cinquant'anni; era alto, grosso, panciuto. Le spalle ampie, il collo forte, la muscolatura poderosa, la capigliatura folta e ruvida, dimostravano una costituzione robusta; ma un non so che di languido nello sguardo, la flaccidezza delle guancie, la parola lenta, esitante come se durasse fatica ad afferrare il pensiero, e la voce in falsetto, gli davano un aspetto più vecchio della sua età. Tuttavia codesto non lo rendeva meno piacevole, ed i signori del paese avevano sempre gran gusto d'avere il Dottorino alle loro serate ed ai loro pranzi; non al loro letto quand'erano malati però.

Il Dottorino non ammetteva che un rimedio unico; il purgante; e lo ordinava per qualsiasi malattia. Quand'era chiamato per visitare un infermo, prima di uscire di casa, prima di sapere di che cosa si trattasse, cominciava a dire con sicurezza: «Ci vuole un purgante». Il più delle volte nominava l'effetto per la causa, e su quell'effetto diceva ogni sorta di burle, che tutto il paese conosceva e ripeteva. Erano famose le facezie del Dottorino. Lungo la strada si fermava ad ogni osteria, domandava da bere, e poi diceva all'oste: «Mettetelo in conto; vi pagherò con una visita quando avrete bisogno di aiuto per far funzionare gli intestini». E rideva, e l'oste rideva. Non sempre si sentiva poi in gambe da salire le scale per vedere l'infermo; ma che importava vederlo? Poteva benissimo fare la sua ordinazione dal cortile. Domandava a quelli di casa: «Che cos'ha questo malato? La febbre? Dategli un purgante. Il mal di capo? Il delirio? Vuotategli le budella; le fantasie dei deliranti vengono di là...».

Più volte, nelle sedute comunali, qualche pedante aveva proposto di fare delle rimostranze al Dottorino. Ma per fortuna i signori lo proteggevano, e non lo permisero mai. E lui stesso, quand'era venuto a sapere la cosa, aveva risposto col solito brio: «Ma che! Il comune dovrebbe ringraziarmi; sono io che fertilizzo il paese colla produzione di tanto guano. Quando avrete in tavola de' carciofi saporiti, de' cavoli maiuscoli, degli asparagi grossi come canne sono i miei purganti che mangiate in tutte le salse...». Non si poteva pigliarsela sul serio con quel bel matto. Si rideva da averne il mal di ventre, si aggiungeva facezia a facezia, e si finiva a stappare una bottiglia alla salute del Dottorino, che faceva fare tanto buon sangue agli amici col suo buon umore. Del resto, in caso di malattia, quei possidenti che avevano dei buoni cavalli, in un'ora potevano mandare a Borgomanero per un medico. Ed il Dottorino, da uomo superiore, non era permaloso. Lasciava che si facessero curare da chi credevano quand'erano malati, e non rifiutava per questo di mangiare e bere con loro quand'erano sani.

In qualunque ora ed in ogni circostanza il Dottorino si vedeva sempre vestito di nero con vecchi abiti da parata troppo stretti e troppo corti. Portava un'immensa pezzuola bianca, ripiegata a cravatta, che girava due o tre volte intorno al collo e, coll'estremità delle cocche, faceva un nodino stretto sulla gola che pareva un piccolo gozzo. Quando il Dottorino rideva, quel nodino ballonzolava allegramente, come se fosse una parte di lui, vivamente interessata alla sua ilarità. Se il Dottorino beveva, ad ogni sorso che ingoiava, il nodino faceva certe inclinazioni lente e beate da fine conoscitore. E nei momenti d'ubbriachezza, quando tutta la persona del Dottorino si faceva floscia e tremante, anche il nodino oscillava con un'aria languida che faceva pietà. A quell'abbigliatura da cerimonia s'aggiungeva immancabilmente un cappello a tuba troppo largo di tesa, troppo basso di testa, e sempre un po' inclinato sull'orecchio sinistro. Dacché il Dottorino era a Fontanetto, nessuno si ricordava di averlo mai veduto con un'altra vestitura. Aveva preso moglie, era diventato padre, poi era rimasto vedovo, e cogli stessi abiti era comparso alle nozze, al battesimo ed ai funerali. Erano vent'anni che andava per monti e per valli di giorno e di notte, nelle case dei contadini malati, e sempre vestito di nero e sempre in cappello a tuba. Pareva che fosse nato vestito a quel modo, ed era certo che morrebbe così. Se il Dottorino avesse cambiata abbigliatura, sarebbe stata come una rivoluzione a Fontanetto.Era rimasto vedovo, ma con un bambino.«La vedovanza sarebbe un valore» diceva. «Ma, con un bambino sulle braccia, diventa una passività. Un uomo solo vale una buona dote; un uomo e mezzo non vale più nulla». Alla prima aveva affidato il fanciullo alla nutrice che lo aveva allattato; e per alcuni anni poté lasciarglielo. Ma finalmente, quando il bambino ebbe sei anni dovette riprenderlo. E figurarsi le noie che gli cagionò! Era un piccolo selvaggio, rustico, intrattabile. Appena rientrato nella casa materna, pianse un giorno intero chiamando ad alte grida la balia: «Voglio la mamma... aaa!».Il Dottorino, poveretto, non era una donnicciuola da star a vezzeggiare un bimbo. Gli uomini hanno altro da fare. Lo rinchiuse in casa, e se ne andò pe' fatti suoi. Quando tornò verso sera trovò tutto il vicinato nella contrada col naso all'aria verso le sue finestre. Gli strilli del bimbo continuavano da parecchie ore, e la scala era invasa dalle comari che s'impietosivano, e discutevano sul da farsi. Il Dottorino aveva scherzato e bevuto coi casigliani de' malati; tornava d'un umore allegro che era un piacere. Figurarsi come rimase all'udire quell'urlio, ed a vedere quella gente indiscreta che metteva il becco ne' fatti suoi! Ma non era uomo da fare scenate. Accennò il portone di strada alle comari, e disse: «A casa mia sono io il padrone, sapete? A mio figlio ci penso io, e nessuno se ne deve immischiare. Voi altre non sapete cosa sia la patria potestà. Andate a farvela insegnare. Via! Sccccc! Via!». Quando fu rientrato ed ebbe rinchiuso l'uscio, gli strilli del bambino raddoppiarono, si fecero più angosciosi, e così disperatamente acuti, che si udivano da un capo all'altro del villaggio. Poi a poco a poco andarono affievolendosi, finché cessarono affatto. Allora il Dottorino uscì tutto rosso in volto, e gli tremavano le mani e la voce quando disse a due vicine ostinate che erano rimaste sulla scala: «Andate a farlo rinvenire, e cercatemi una serva che gli badi lei, altrimenti...».

Il domani fin dal mattino, le comari cominciarono una processione alla casa del Dottorino per offrirgli delle serve: egli aveva già ripreso il suo bell'umore, e disse: «Datemi la più giovine e bellina». Era di buon gusto, ed alla bellezza, anche rusticana, faceva sempre buon viso. Ma la prima serva che gli toccò non seppe apprezzare le galanterie del Dottorino, e dopo alcuni giorni se ne andò via. Poi ne ebbe di più ragionevoli che rimasero, ed anzi avrebbero voluto rimaner dell'altro; ma dovette mandarle via lui, perché era già così frastornato da quella paternità legittima ereditata dal matrimonio, che non voleva correre il rischio di duplicare il guaio. Sapeva per prova che non metteva conto beneficare i figlioli. Il suo non era altro che un ingrato. Appena udiva il passo del padre, si metteva a tremare, o badava nascondersi. Se il Dottorino gli rivolgeva la parola, sussultava come se gli avessero sparata una pistola rasente l'orecchio, e rispondeva a monosillabi, mentre colle serve era chiacchierino e giocava volentieri.

Ma le serve continuavano a mutarsi; il povero Dottorino non trovava più modo di farsi servire. Una volta passò due mesi e più senza donna in casa e dovette mandare il figliolo alla scuola per levarselo d'attorno. Ma «l'uomo allegro il ciel l'aiuta». Dopo qualche tempo fu chiamato a visitare una fanciulla malata. La trovò seduta al sole fuori dall'uscio della cucina, coi brividi della febbre. Ordinò il solito purgante, poi domandò ad una vecchia che le stava accanto: «È vostra figlia?». «Nossignore» rispose la Lucia, «è dell'ospedale di Novara. Mia nuora non aveva potuto salvare nessun figliolo de' suoi, e pensò d'andare a prenderne una da allattare: e poi aspetta oggi, aspetta domani a riportarla all'ospedale, ha finito per tenersela. Quando hanno cessato di pagarci il baliatico abbiamo mandata la ragazza alla filanda, tanto da farle guadagnare qualche cosa. Sono sei anni che va ad annaspare la seta: ha cominciato presto». «Ti piace andare alla filanda?» domandò il Dottorino alla malata. Questa si contorse tutta; non si capiva se era un movimento di soggezione o un brivido di febbre; ma non rispose. «Lei parla poco» disse la vecchia che, all'opposto, parlava molto. «Quando si ha nella testa tutto il giorno quel rumore di tanti rocchetti e di tanti naspi, si rimane come sbalordite. Io l'ho provato per due anni da ragazza. Mi ronzavano continuamente gli orecchi come se piovesse a rovesci, e vedevo giorno e notte i raggi delle ruote passarmi furiosamente dinanzi agli occhi come anime dannate». «Quanto le danno al giorno?» interruppe il Dottorino. «Venti centesimi. Non ha che tredici anni». «Venti centesimi al giorno, fuori la domenica e tutte le feste comandate... fanno... sessanta lire all'anno» calcolò forte il Dottorino. «Se volete darla a me per questo prezzo, la piglio per le mie poche faccende di casa, e per badare al mio figliolo. La fatica non le romperà le ossa». «Non sa far da mangiare...» osservò la Lucia. «Le insegnerete voi alla meglio intanto che è malata, ed appena starà bene me la condurrete». «Siii» disse ancora la vecchia esitando; «ma alla filanda le aumenterebbero la giornata quando fosse cresciuta». «Alla filanda non potrà durare ad andarci, e l'avrete sempre in casa malata, e non guadagnerà nulla» disse il

Dottorino avviandosi per andarsene. Ma quest'ultima ragione aveva persuasa la vecchia Lucia, che domandò alla ragazza: «Vuoi andare a servire dal signor Dottorino? Di' su, la Matta, vuoi?» La fanciulla si strinse nelle spalle come per dire che le era indifferente. Un mese dopo, la Lucia la condusse in paese vestita de' suoi abitini da festa, cogli zoccoletti in mano, i piedini nudi, ed il suo piccolo corredo in una pezzuola annodata per le cocche, e la installò in casa del nuovo padrone.

Nella sua remota gioventù la Lucia era stata parecchi anni a Novara al servizio di una famiglia agiata, ed aveva imparato abbastanza a cucinare ed a tener in ordine la casa, per poter avviare la ragazza a disimpegnare le sue faccende. Questa, intontita dai sette lunghi anni che aveva passati in mezzo ai rumori forti, incessanti della filanda, rimaneva spesso a bocca aperta dopo aver ricevuta un'istruzione, come se non capisse. Ma quando poi era riuscita ad imparare una cosa, poteva ripeterla all'infinito con una precisione minuziosa, come una macchina. La stessa attenzione scrupolosa che aveva dovuto prestare nell'annaspare la seta, guardando sempre alternativamente il naspo ed il rocchetto, riunendo con diligenza il filo se si spezzava, lavorando colla mano lesta, l'occhio fisso, la mente tesa, tutta assorta in quel compito superiore alla sua età, la applicava alle menome cose che le riusciva di fare. Se le avevan insegnato a spolverare i quattro piedi d'una tavola cominciando da destra ed andando a sinistra, per nessun rivolgimento di cose avrebbe potuto accader mai che cominciasse dal lato opposto, o che lasciasse uno dei quattro piedi non spolverato. Se il Dottorino la picchiava, perché anche lui aveva le sue ore nere e doveva pure sfogarsi con qualcuno, la Matta si curvava, si rattrappiva sotto le busse, urlava quando sentiva male; ma non faceva lagnanze, non domandava ragione di quel trattamento. Se invece il padrone lodava le sue cucinature e le diceva: «Hai fatto bene» si stringeva nelle spalle come per dire che non c'entrava oppure rispondeva: «Io non so».

Quando, appena nata, aveva fatto il suo malinconico ingresso nell'ospizio dei trovatelli, doveva essere stata accolta da una monaca sentimentale che le aveva imposto il nome tenero di Amata. La contadina che l'aveva presa a balia e tutta la sua famiglia, l'avevano chiamata la Matta alla prima, e, malgrado tutte le correzioni della monaca, e più tardi dell'assistente della filanda, avevano continuato a dir sempre quella loro storpiatura, alla maniera ostinata dei contadini. Ed in paese credevano che fosse quello il suo nome. Una volta Giovanni, il bimbo del Dottorino, le domandò: «Perché ti chiamano la Matta?» «Non so» rispose la serva. «È il tuo nome» disse ancora Giovanni. «No. Il mio nome è la Mata».«La Mata non è un nome». «Io non so». Giovanni riuscì ad avere una spiegazione da qualche compagno di scuola o dalla maestra, ed al ritorno andò in cucina tutto trionfante per ripeterla alla serva. Ma questa disse: «La Matta o la Mata fa lo stesso». «Ma non è la Mata, è Amata che ti chiami; si dice l'Amata». «Io non so» concluse la Matta. Ma guardò lungamente il fanciullo con occhio intenerito, e sorrise in silenzio.

Una volta, tornando dalla scuola, Giovanni la trovò tutta accesa in volto, con gli occhi gonfi e delle traccie di lacrime sulle guancie, e le domandò: «Che cos'hai?». Ella si portò una mano alla spalla destra, contorcendosi in segno di dolore. «Hai male?» tornò a domandare il bambino. «Sí» accennò la Matta. «Sei caduta?» «No; è stato nel battermi che m'ha tirata forte pel braccio». «Chi?» «Lui» rispose la Matta a bassa voce come se il Dottorino potesse udirla. Non lo chiamava mai altrimenti che *lui*. «Ah! piangi perché t'ha battuta?» spiegò Giovanni. «No; è il dolore che mi fa piangere». Ma a quelle domande, che dimostravano dell'interessamento per lei, rideva traverso le lacrime. La sera, prima di coricare il fanciullo, gli disse: «Guarda». E sfibbiando il vestito, che mise a nudo il suo petto embrionale da adolescente, gli mostrò la spalla orribilmente gonfia e livida. Rimasero stupefatti tutti e due l'uno in faccia all'altra. «Cosa si deve farci?» domandò Giovanni; e la Matta rispose: «Non so». Poi tornarono a guardarsi senza sapere cosa dire. Finalmente Giovanni ebbe un'idea. «Domattina domanderò alla maestra» disse. La fanciulla gli sorrise con riconoscenza, ricoperse la sua ingenua nudità, ed andò a coricarsi col suo male.

Il mattino il gonfiore era cresciuto enormemente, il braccio era immobile, e l'ammalata aveva la febbre violenta. Bisognò tenerla a letto e chiamare la sua balia per assisterla. Fu ancora la Lucia che rispose all'appello invece della balia, perché questa lavorava nei campi, e tutte le sue ore erano occupate. Quando Giovanni tornò dalla scuola, disse alla Matta: «La maestra ha detto che bisogna metterci dell'arnica sulla spalla malata». La ragazza respinse col braccio libero le coperte perché potesse applicarle la medicina della maestra; ma Giovanni riprese un po' mortificato: «Io non ho l'arnica». Tornarono a guardarsi in silenzio, poi il fanciullo tornò a dire: «Non l'ho; non so cosa sia». E la Matta rispose: «Non so». E si ravviò le coperte.

Tutto questo era accaduto quando Giovanni frequentava la scuola soltanto da pochi mesi. Poi il tempo passò, ed a misura che egli faceva progressi nello studio i suoi compagni lo guardavano con ammirazione, ambivano d'avvicinarlo, gli amministravano ridendo dei pugni amichevoli, ai quali egli rispondeva con certi spintoni da lasciare l'impronta in chi li riceveva. Fu iniziato a tutti i giochi, e ben presto ne divenne l'iniziatore ed il caporione. Saltare, correre, inseguire e farsi inseguire, strillare con tutta la forza de' suoi giovani polmoni, erano cose nuove per Giovanni, che fino allora aveva vissuto solitario. Se ne appassionò tanto, che le ricreazioni della scuola non gli bastarono più, ed in casa sua, appena il Dottorino usciva, cercava d'avvezzare la Matta a giocare con lui. Si faceva inseguire per le stanze e le gridava: «Più lesta! Più lesta! Pigliami se ti riesce!». E la serva faceva dei piccoli passi colle sue lunghe gambe, perché vedeva che il fanciullo trionfava se a lei non riusciva di raggiungerlo. Altre volte egli la faceva atteggiare colla vita ripiegata innanzi, il dorso teso, ed il capo in giù contro la parete: «Tu sarai il cavallo» diceva. Poi prendeva la rincorsa dall'altro capo della stanza e, d'un balzo, le saltava in groppa. La servetta malingra cedeva come una molla sotto quel peso, e pareva che le sue reni, allungate da una cresciuta rapida, dovessero spezzarsi. Sovente aveva gli occhi pieni di lacrime quando si rialzava contorcendosi tutta, e diceva con un sorriso d'ammirazione: «Come sei pesante!»

Il Dottorino non era uomo da sprecare quella poca grazia di Dio che aveva, e dalla sua tavola non uscivano mai di quegli avanzi che possono fomentare l'ingordigia delle persone di servizio. Per conseguenza la Matta cresceva, cresceva, ma sottile come un pertichino, e dinoccolata da far pietà; specialmente dopo aver giocato a lungo con Giovanni, appariva dinoccolata, e le sue ossa scricchiolavano. Alle volte s'abbandonava sullo scalino del focolare gemendo: «Non ne posso più». Ma allora il fanciullo diceva: «Andrò a giocare colla Rachele». E la serva balzava a quella parola, come un ciuco moribondo sotto la sferzata del padrone, ed era lei che diceva: «No! ancora; voglio giocare ancora».

La Rachele era figlia unica d'un piccolo possidente che nel paese passava per un nababbo. Questi aveva comperato per meno di centomila lire un castellaccio degli antichi signori del territorio, una specie di fortezza con torri, e muraglioni e fossato e ponte levatoio, e vi si atteggiava da castellano, con un buon cuoco, un giornale per favorire il kilo, e pochi amici coi quali beveva, giocava alle carte, ed, a tempo perso, discuteva e risolveva le questioni più importanti della politica interna ed estera. Il Dottorino era uno dei più assidui commensali del castellano, che si chiamava borghesemente il signor Pedrotti. «Il Dottorino conosce l'età di tutti i miei vini» diceva il proprietario. Ed il Dottorino li invecchiava prodigiosamente senza che l'altro pensasse a correggerlo; in compenso però parlando di lui diceva volentieri: «Come porta i suoi quarant'anni il nostro signor Pedrotti!» e gli toglieva due lustri, per bilanciare quei tanti di più che aveva dati ai vini della sua cantina. Queste piccole cortesie, che rendono gradito un ospite all'anfitrione, l'umile medico-condotto le sapeva usare come se avesse vissuto lungamente in una corte. In fatto di politica non si ostinava mai, e qualunque fossero le opinioni del proprietario le accettava cortesemente, e le approvava. Sapeva indovinare quando egli aveva voglia di fare una buona risata, e si prestava sempre volentieri a procurargli quel gusto, anche con sacrificio della propria dignità, e d'altro. Infine non si poteva trovare commensale più simpatico. Ed il castellano che non era ingrato, gli diceva: «Porti anche Giovanni, dottore. I signori d'una volta spendevano de' quattrini per avere chi li tenesse allegri: e, dacché lei lo fa senza salario, è giusto che almeno io dia da mangiare anche a suo figlio». Giovanni pranzava in cucina, e dopo pranzo giocava colla Rachele che aveva la sua stessa età; e quando tornava dal castello raccontava alla Matta i giochi che aveva fatti, e descriveva le bambole ed i balocchi della piccina.

Per un pezzo la Matta aveva ascoltato senza dir nulla, ma s'era mostrata malcontenta di quei racconti. Poi un giorno gli aveva risposto con un riso di trionfo: «Alla Rachele non puoi saltare in groppa e farle fare il cavallo». «No» disse Giovanni. «È troppo piccina, e troppo ben vestita». «Io ho quasi quindici anni» osservò la Matta ridendo di gioia, e guardò i suoi abiti cenciosi con occhio d'amore.

A nove anni la Rachele fu mandata all'istituto Bellini di Novara, ed i pranzi al castello riescirono noiosi per Giovanni. Specialmente l'inverno, quando dopo pranzo non poteva uscire in giardino, finiva per addormentarsi in un canto della sala, e quando si doveva svegliarlo erano grugniti, grida, calci, tutte le scene a cui s'abbandona un ragazzo disturbato nelle delizie del primo sonno. Per evitare quelle noie il castellano prese il partito di mandarlo a casa uscendo da tavola. Erano quattro ore che Giovanni doveva passare da solo a sola colla Matta. Per abbreviare il tempo, ebbe l'idea d'insegnarle a leggere. La serva si prestò volentieri a quel gioco tranquillo, e dopo parecchie lezioni riuscì a conoscere l'*o*. Sia che Giovanni lo scrivesse, o che le mostrasse in un largo stampato la lettera circolare, ella ripeteva *o, o,* e rideva di gioia. Ma le altre lettere incontrarono maggiori difficoltà ed il fanciullo, impazientito, si disgustò dell'insegnamento, e cercò altri passatempi. Trascorsero quattro anni; Giovanni aveva compiuto il corso delle quattro elementari, e tutto Fontanetto parlava del suo ingegno fenomenale. Ma in paese non c'era modo di fargli continuare gli studi. «Io non ho quattrini per mantenerlo a studiare in città; lo manderò a custodire le pecore come i figli dei patriarchi» diceva filosoficamente il Dottorino. Ma non isprecava il fiato a dirlo ai contadini; era troppo igienista per non sapere che il fiato è prezioso, e non va speso inutilmente. Lo diceva ai signori. Il signor Pedrotti, che aspirava alla sciarpa tricolore, capì che la provvidenza gli forniva il modo di farsi merito in paese come uomo generoso e benefico. Ed una sera propose agli altri possidenti di contribuire, tutti in parte uguale, alla spesa per mandare in collegio «quel povero fanciullo che s'era mostrato tanto intelligente». Si misero in sette, e trovarono a Novara un convento di Oblati dove la pensione era di quaranta lire al mese, e l'istruzione era buona.

Quando tutto fu concluso, i sette mecenati chiamarono il Dottorino e Giovanni, ed il signor Pedrotti prese la parola e fece cadere dall'alto al beneficato la notizia del beneficio. «Non basta aver del denaro, bisogna saperlo spendere con intelligenza e generosità; essere caritatevoli. Questo ragazzo ci sarà riconoscente per tutta la vita del bene che gli facciamo. Ne faremo un medico per curare i figli dei nostri villani, quando il Dottorino avrà mangiato il suo ultimo pranzo ed ordinato l'ultimo purgante». Il Dottorino applaudì caldamente la facezia, e, calmata l'ilarità, il castellano riprese il discorso ed espose tutto il piano concertato, gli Oblati, le quaranta lire, i quattro anni di convento *senza vacanze*, l'università che verrebbe poi, ecc. Le manifestazioni di gratitudine del Dottorino furono tali da appagare i benefattori, i quali osservarono, a sua lode, che non era «di quei poveri superbi che si danno delle arie dignitose da principi decaduti, e non si sa mai da che parte pigliarli». Quanto a Giovanni, conosceva molti piccoli pecorai che si rotolavano giù per le chine, dormivano sull'erba al sole, si rincorrevano pei campi, erano in festa tutto il santo giorno; ed avrebbe preferito il primo disegno di suo padre, di mandarlo a custodire le pecore. Ma si adattò facilmente a far il dottore grazie alla prospettiva di andare a Novara, incontro ad una vita tutta nuova.

Partito il fanciullo, la casa del Dottorino rimase silenziosa come una tomba, e la Matta, contro ogni sua abitudine, trascurò le faccende, lasciò andar a male qualche piatto, e sarebbe diventata una cattiva massaia, se non avesse avuto un padrone energico, il quale, anche a costo di eccitarsi i nervi e di farsi del cattivo sangue, seppe correggerla in modo che ne portò le traccie per un pezzo, e comprese la necessità di tornare ai suoi doveri. Però, quand'era sola, rimaneva spesso in estasi a guardare gli armadi e le tavole su cui il fanciullo era balzato tante volte giocando, e gli sorrideva come se lo vedesse là. Un giorno che, per caso, alzando gli occhi sulla bottega del fornaio, vide un *o* fra le lettere dell'insegna, si rallegrò come se avesse trovato un vecchio amico; non poteva saziarsi di ripetere quella vocale e di guardarla. E d'allora andò osservando tutte le insegne dei negozi, e quando trovava degli *o* li contemplava lungamente, e ne ritraeva gli occhi inondati di lacrime, come se avesse fissato il sole. Qualche volta la domenica andava dalla sua balia, e quando il Dottorino non pranzava in casa, ci rimaneva a mangiare la polenta. La balia non le badava punto. Nella stagione dei lavori stava nei campi dall'alba al tramonto, o portava gerle di ghiaia giù dalle montagne; nell'invernata filava nella stalla fin dopo la mezzanotte, ed aveva sempre un arretrato di sonno che la rendeva stupida. Si rifaceva un po' la domenica in chiesa, dormendo tutto il tempo delle funzioni. La vecchia Lucia invece, che faceva la massaia, aveva sempre qualche cosa da insegnare alla Matta; la festa la conduceva in chiesa con sé, ed a forza di dirle e di ripeterle le sue orazioni in latino, era riuscita a fargliele imparare. La serva non ne capiva nulla, e la vecchia neppure. Ma cosa importava? Purché le capisse «quel di lassù!» E la Matta ripeteva devotamente quel guazzabuglio privo di senso al Padre Eterno, perché facesse tornare Giovanni. Tratto tratto domandava alla Lucia quanto le aveva riposto alla Cassa di risparmio, e si rompeva la testa per calcolare se possedeva abbastanza per comperare un cavallo a dondolo che Giovanni aveva ammirato in un negozio di Borgomanero. Dopo quella prima cresciuta rapida dell'adolescenza, la Matta non s'era allungata più; era rimasta d'una statura poco superiore alla media, e non era mai ingrassata. Aveva sviluppati i fianchi e le spalle, ma erano angolosi, e le mancavano tutte le curve tondeggianti che formano la bellezza della donna. Era bruna di carni, con molti capelli d'un nero carbone, che, a forza di ungerli, riduceva come un massa compatta e levigata. Aveva dei grandi occhi neri infossati, con le ciglia lunghe e folte, e le sopracciglia esagerate che si riunivano sopra il naso corto ed un po' monco alla punta. Gli zigomi sporgenti, le mandibole larghe, e le labbra grosse, che lasciavano vedere dei grossi denti bianchi, le davano l'aria d'una mulatta. A Novara, a ricordanza della vecchia Lucia, c'era stato un negro al servizio d'una famiglia nobile, che sfoggiava quell'oggetto di curiosità dietro la carrozza di parata. La Lucia aveva sempre sospettato che la Matta fosse figlia di quel negro.

Finalmente Giovanni tornò, ma era così alto, e parlava con una voce così grossa, che la Matta non ebbe più il coraggio di offrirgli i giocattoli vagheggiati. Egli s'era fatto più rustico che mai coll'educazione degli Oblati. Salutò suo padre senza espansione, ed alla serva rivolse appena un cenno del capo dicendo: «Oh, addio, tu!». La Matta rispose ridendo cogli occhi pieni di lacrime e, per tutto il tempo che stette a cucinargli il pranzo, continuò a piangere e ridere insieme, ed a ripetere quel cenno del capo che aveva fatto Giovanni. Non osava più rivolgergli la parola, e quando l'udiva parlare esclamava giungendo le mani: «Oh Madonna Santa! Madonna Santa!». Non riesciva a persuadersi che quella statura, e quel vestito da prete, appartenessero al ragazzo che le era saltato tante volte in groppa per gioco. I mecenati erano curiosi di vedere il loro protetto, e volta a volta lo invitarono a pranzo. Erano sempre gli stessi commensali che facevano il giro delle sette case; ed anche i discorsi si somigliavano: «Si sperava che Giovanni fosse compreso di riconoscenza per quanto facevano i benefattori; senza la loro generosità a quell'ora sarebbe stato un villano fra i villani e le pecore...». «Ed ora invece sei un villanello fra i signori» aggiungeva lo spiritoso signor Pedrotti, «perché tieni i gomiti sulla tavola, e non hai ancora ringraziato nessuno...» Giovanni si faceva rosso, ma non cessava d'essere taciturno e selvaggio, e d'aggrottare le ciglia come se fosse in collera. Il signor Pedrotti fu l'ultimo a dare il pranzo solenne, perché voleva festeggiare il ritorno di Rachele dal Collegio. Quando il Dottorino e suo figlio entrarono nella vasta sala da pranzo del castello, il signor Pedrotti si dondolava in una poltrona americana presso la grande porta a vetrate che metteva in giardino. I vetri erano aperti, ed il sole, guizzando traverso il fogliame fitto d'un pergolato che sporgeva dinanzi alla porta, entrava, bizzarramente frastagliato, nella penombra della sala, si posava sul parato dei muri e sul legno del pavimento in forma di globi bianchi d'ogni dimensione, sovrapponeva dei rabeschi di luce e d'ombre ai rabeschi tessuti della tovaglia di Damasco, faceva scintillare l'argenteria ed i cristalli sulla mensa, passava a fil di spada il signor Pedrotti con un raggio dritto e lucente come una lama d'acciaio. Era una scena fresca, estiva, signorile, che doveva inspirare un senso d'ineffabile benessere, dopo una corsa sotto il sollione d'agosto. Ma Giovanni non ne parve affatto contento; fece un passo indietro come se volesse fuggire, ed una vampa di rossore gli salì al volto, mentre stringeva convulsamente il suo cappello a tricorno da oblato. All'angolo della tavola, ritta e sorridente, aveva veduta Rachele, la compagna dei suoi giochi infantili, ch'egli aveva dominata altre volte colla sua forza e colla sua audacia, e che ora dominava lui colla superiorità del lusso e della bellezza. Non aveva che la divisa del collegio di percalle chiaro, con un largo goletto increspato ed un fiore di verbena scarlatto nei capelli. Ma erano colori freschi, e la sua figura stessa dava alla toeletta un'apparenza di lusso. Aveva quella bianchezza abbagliante, quel colorito roseo vivace, che nella prima gioventù bastano da soli a costituire, o almeno a dare l'illusione della bellezza. Aveva i capelli d'un bel biondo d'oro, gli occhi azzurri, le labbra vermiglie; era una di quelle figure chiare ed appariscenti che fanno impressione a prima vista, ed al cui confronto le brune anche più belle rimangono eclissate. «Mia figlia» disse con orgoglio il signor Pedrotti. Ed il Dottorino dopo aver esclamato che era un angelo, canticchiò galantemente: «Sei tu dal ciel discesa, o in ciel son io con te?» ed il signor Pedrotti posò il giornale per ridere più liberamente. Ma mentre dondolando il capo e premendosi le mani sul cuore il Dottorino ripeteva: «Son io, son io, o in ciel son io, son io con te» gli cadde sott'occhio il suo indegno figliolo, che, tutto rosso in viso e ridicolo nella sua grottesca vestitura da prete, si rannicchiava contro lo stipite della porta, come se volesse insinuarsici e sparire fra l'uscio ed il muro. È doloroso, quando s'è fatto tanto per guadagnarsi la benevolenza di tutto il paese, vedere il nostro unico discendente tanto degenere, da non sapere non solo imitare, ma neppure apprezzare le belle qualità paterne; ed il Dottorino, ferito appunto nel suo cuore di padre al riconoscere che Giovanni pareva mortificato di trovarsi là con lui invece di gloriarsene, lo andò a pigliare per un orecchio e gli disse: «Vieni qui, orso, e bacia la mano al tuo benefattore, e fa un complimento alla tua bella benefattrice». Ma Giovanni nella sua rustichezza non sapeva inchinarsi né baciar la mano a nessuno. Si fece più rosso ancora, tanto che gli si gonfiarono le vene della fronte e gli occhi parvero schizzargli fuori delle orbite, e si tirò indietro senza parlare, salutando appena. Allora il Dottorino, che capiva di dover dare una soddisfazione al signor Pedrotti per riparare quella malagrazia del collegiale, lo respinse con un urtone dicendogli: «Va malcreato: non credo nemmanco che tu sia mio figlio». Giovanni andò ad urtare contro la tavola che fece un gran tintinnio, poi si rimise in equilibrio, e, senza alzare gli occhi, rimase là immobile, ma colle mani tremanti e le labbra convulse, impallidito d'un tratto come se gli avessero cavato tutto il sangue. «Lo lasci stare, dottore» disse il signor Pedrotti facendo spallucce. «È un ragazzaccio male educato, ma d'ingegno ne ha molto, e col tempo capirà quello che ci deve. Ne faremo un grand'uomo». Giunsero gli altri commensali, ammirarono Rachele, salutarono, parlarono forte, dissero le notizie del giorno, il signor Pedrotti raccontò e fece ripetere il complimento del Dottorino: «Sei tu dal ciel discesa, o in ciel son io, son io con te...» e tutti risero, si mossero per la sala, applaudirono, approvarono il madrigale, fecero chiasso; soltanto Giovanni rimase là presso la tavola, goffo, impacciato, urtato da uno, esaminato da un altro che gli rideva dinanzi, non curato, sprezzato da tutti. Rachele però lo guardava con occhio di compassione, ed appena suo padre ed i commensali ebbero avviato un discorso tra loro, si fece accanto a Giovanni, e gli disse: «Vuole che usciamo un momento in giardino?». Egli alzò gli occhi a metà, guardò il tratto che doveva percorrere, e vedendolo sgombro da' suoi benefattori, si fermò sotto il pergolato senza dir nulla, senza voltarsi indietro, consolato d'essere uscito di là. Rachele lo aveva seguito, ed era anche lei un po' confusa della scena accaduta.

«Sono finite le rose!» disse staccando qualche foglia da un rosaio che aveva dinanzi; poi soggiunse: «Ha veduto come è carico di frutti quel nespolo laggiù?». E si avviò lentamente e volgendo il capo verso Giovanni per invitarlo a seguirla. Ed egli la seguì; ma era ancora avvilito, e disse appena a bocca stretta che infatti erano moltissimi, quei frutti; poi, sentendo sonare la campana del pranzo, si avviò verso sala, come se gli premesse di rientrarvi.

Alcuni invitati avevano dei bambini, ed il signor Pedrotti aveva fatto apparecchiare una piccola tavola a parte pei bambini e per Giovanni. Rachele, mentre suo padre assegnava i posti ai commensali della tavola grande, disse a Giovanni: «Lei è pregato di fare il babbo a questi signorini, altrimenti chissà che chiasso farebbero» e gli indicò una sedia dalla quale voltava il dorso alla compagnia, e non era obbligato a sostenerne gli sguardi. Giovanni provò un momento di sollievo al sentirsi così isolato, e disse un grazie chiaro e punto rustico. E dopo il pranzo durante il quale i mecenati che non lo vedevano l'avevano dimenticato, quando tutti andavano e venivano pel giardino colle chicchere del caffè, e ridevano fra loro, egli si accostò a Rachele e le disse: «Ha pranzato bene, signorina?». «Bene, grazie; e lei?» rispose con dolcezza la giovinetta. «Oh io sono stato benissimo là» esclamò Giovanni, guardandola con riconoscenza. «La ringrazio d'avermi messo coi bambini». Stettero un momento senza dir nulla poi Giovanni ripigliò: «Favorisca salutare il suo babbo: io non voglio disturbarlo». Ed uscì in fretta come se fuggisse.

La Matta fu attonita di vederlo tornare così presto, che il sole era ancora alto; e disse a mezza voce, com'era sua abitudine: «Sta più volentieri a casa che al castello». Guardò lungamente l'uscio della camera dove Giovanni s'era rinchiuso; poi sospirò: «Peccato che non giochi più!». E quella sera non scese ad udir chiacchierare le comari del vicinato.

Rachele aveva una serie di parenti a Borgomanero, a Boca, a Maggiora, ad Orta; era sempre in giro col suo babbo a far visite. Ed il Dottorino era stato troppo umiliato dal contegno di suo figlio al castello, per aver voglia di ricondurvelo, le poche volte che i castellani, tra visita e visita, lo invitavano a pranzo. «Finché abbia spogliati gli abiti e la selvatichezza degli Oblati, con me non ci verrà più» diceva a Rachele quando gli domandava di lui. Così finirono le vacanze, e Giovanni andò a Torino per gli studi universitari, senza aver più riveduta la sua compagna d'infanzia. Ma appena ebbe un amico gli parlò di lei, dei loro giochi infantili. E poi narrò come s'era fatta alta negli anni del collegio; descrisse la sua bellezza, l'aria da gran dama, il contegno maestoso... Però tutta tutta la verità del loro unico incontro non ebbe il coraggio di confessarla: e neppure il suo disgraziato abito da oblato. Preferì confidare all'amicizia i suoi disegni e le sue speranze. Intanto gli abiti da prete erano rimasti indietro colle memorie del seminario e colle timidezze da adolescente. La vita dello studente a Torino, il vedersi vestito come gli altri giovinotti, la simpatia dei compagni, e la considerazione che gli acquistava il suo ingegno, gli ridavano la sua audacia naturale. Malgrado l'ammirazione vivissima che risentiva per Rachele, non mancava di prendere parte a tutti gli spassi de' suoi compagni; e, nella misura della sua piccola borsa, non trascurava nessun mezzo per acquistare l'esperienza della vita. Gli premeva di spogliarsi della rustichezza, dell'ingenuità, della selvatichezza da chierico di cui arrossiva. Doveva essere bello, elegante per presentarsi a lei: doveva saper discorrere con garbo, con spirito; ed aver fatti degli esami che fossero una splendida promessa pel suo avvenire. Diceva al suo amico: «Il Tale, che ora è deputato d'un collegio di M., ed ha scritto questo e quest'altro, era figlio d'una lattivendola. Il Talaltro che è stato ministro, nella sua gioventù faceva il sarto». Citava Rossini, Beethoven, Haydin, e sopra tutti Shakespeare; egli pure si sentiva di poter salire. «Sarò un avvocato celebre, come Brofferio. (Allora Brofferio era al colmo della sua gloria). Guadagnerò cinquantamila lire all'anno. Verranno da lontano per sentire le mie difese. Tutta Fontanetto vorrà esserci...». Fin allora non parlava di matrimonio. Era tutta una poesia d'amore; Rachele doveva risentire pel suo ingegno, pei suoi trionfi oratorii, per la sua fama, altrettanta ammirazione quanta egli ne provava per lei. Diceva ingenuamente: «È così bianca e bionda, e profumata, i suoi abiti sono così belli ed i suoi atti così composti, che dà soggezione; non si osa parlarle, parrebbe un'audacia; è qualche cosa di superiore a noi. Io arrossivo della mia voce grossa, dopo aver udita la sua, e mi vergognavo di camminare dopo averla veduta lei muoversi con tanta grazia. Mi pareva che, se le avessi stretta la mano, avrei lasciata un'impronta sulla sua; e del resto non avrei mai avuto il pensiero di farlo, come non avrei mai sognato di stringere la mano alla regina». Accennava le dame che andavano in carrozza in Piazza d'Armi e diceva: «È come questa, ma più bianca; è come quest'altra, ma più bionda; è come quella terza...» ma anche la terza e tutte avevano qualche perfezione di meno. Tra lui e quelle dame cittadine non gli pareva che ci fosse l'enorme distanza che aveva sentita tra lui e Rachele. E non pensava che con queste si misurava in circostanze meno sfavorevoli.

Venne l'autunno, e con esso le vacanze, e Giovanni tornò a Fontanetto. Quando il signor Pedrotti annunciò a sua figlia che lo studente era in paese, e che lo aveva invitato a pranzo pel giorno seguente, la Rachele gli disse con accento impietosito: «Oh Dio, babbo! non potevi fare a meno d'invitarlo? È tanto timido che soffre a trovarsi qui fra tanta gente». «È timido e fa bene ad esserlo» rispose il signor Pedrotti. «Io non posso soffrire i ragazzi spavaldi. Egli sa qual è la sua condizione, e sta al suo posto. Questo prova che ha ingegno, e se saprà condursi sempre così, farà strada: vedrai. Intanto, per non dargli soggezione lo metteremo alla tavola dei bambini; ho invitato appunto tutti i bambini dei commensali, come l'anno scorso...» Rachele non se lo fece dire due volte; e quando fu sicura d'aver posto il suo compagno di infanzia al riparo dalle umiliazioni, mise un gran respiro e disse: «Tutto per il meglio». Poi pensò ai suoi obblighi di padrona di casa; si vestì colla sua semplicità da giovinetta; un abito chiaro senza fronzoli, senza gale, affatto indipendente dalla moda, una bella collaretta bianca increspata come l'aveva sempre portata in collegio, un grembiule bianco col petto e l'orlo ricamati, ed un fiore ne' capelli. E discese sorridente, ed accolse i primi commensali arrossendo molto, con molto riserbo, ma senza goffaggine, col garbo e la disinvoltura che le erano naturali. Tratto tratto guardava verso il cortile, un po' impensierita dall'ingresso di Giovanni... Doveva ripetersi la scena dell'anno innanzi? Avrebbe voluto evitarla, ma non sapeva come fare. Il Dottorino tardava. Il signor Pedrotti cominciava a guardare l'orologio sul camino, ed a contare, di cinque in cinque minuti, il tempo che passava. I convitati avevano già tirato in campo il discorso di circostanza del *quarto legale*, dopo il quale non c'è più obbligo d'aspettare, e ciondolavano per la sala guardando la mensa, leggicchiando i nomi sui tovaglioli, dando una occhiata ad un quadro, una capatina alla finestra, parlando a frasi tronche, dimenandosi come anime in pena. Era una tempesta che s'ingrossava per scoppiare poi sul capo del povero capro emissario. Rachele, che la prevedeva, staccò alcuni fiori da un gran mazzo che ornava la mensa, ed andò a metterli in una coppa che pose sulla tavola dei bambini. Nella gentilezza del suo animo, pensava di preparare un compenso ai rabbuffi che toccherebbero al piccolo selvaggio. Mentre era voltata e curva verso la tavola, udì una voce chiara un po' tremante, con un timbro metallico come le note alte di tenore, che diceva: «Siamo in ritardo, nevvero? Ho veduto che il babbo non giungeva, e sono venuto io a fare le nostre scuse...». Rachele si voltò meravigliata, e riconobbe appena il chierichetto dell'anno prima nel bel giovinetto che le si fece incontro. Ma Giovanni aveva presunto troppo dalle proprie forze, e quando si trovò dinanzi a lei si fece rosso come una fiamma, non osò porgerle la mano, e stette troppo a lungo inchinato pensando una parola da dire, un saluto che non fosse dei soliti, e non trovò che questo: «Buon giorno signorina: come sta?».

Era cresciuto molto, ed omai aveva una bella statura; era svelto e ben fatto. Aveva il collo un po' lungo, la testa piccola, dei bei capelli neri ondulati e rigonfi, gli occhi neri infossati, le guancie leggermente salienti sotto gli occhi, ed un po' colorite in alto, come le dipingono gli artisti da teatro per dare più calore allo sguardo. Infatti il suo sguardo aveva un ardore, che correggeva la timidezza de' suoi modi, o la faceva dimenticare. Aveva le labbra di un rosso vivo lisce e grosse, i denti lunghi e bianchissimi, il sorriso fine. Una bocca incantevole che faceva pensare con rincrescimento ai baffi futuri che l'avrebbero coperta. Era un bellissimo giovine; ma la bellezza, che è sempre tanto difficile a portare per un uomo!, egli la portava con semplicità perché la ignorava, o almeno non ne traeva argomento di vanità. Si considerava sempre molto al disotto della Rachele, e si proponeva d'innalzarsi fino a lei col suo ingegno, collo studio, col lavoro, con mezzi più serii e più difficili che non la bellezza. «Grazie, signor Giovanni; e lei come sta?» rispose Rachele un po' confusa, facendosi rossa anche lei. E quelle parole tanto semplici fecero un gran piacere a Giovanni, perché erano dette in modo da lasciargli indovinare che anche la sua compagna d'infanzia cominciava ad essere imbarazzata dinanzi a lui; che si metteva in soggezione, ed arrossiva per lui come per un altro. Mentre si scambiavano quel saluto giunse il Dottorino, e tutti si accostarono alla tavola cercando i loro posti. Questa volta Rachele non sapeva come fare a dire a quel giovinotto elegante, che doveva sedere alla tavola dei bambini; e rimaneva in piedi tra le due mense con un piglio impacciato. Ma Giovanni, che non aveva spogliata del tutto la sua selvatichezza, e sfuggiva sempre volentieri alla protezione impertinente de' suoi mecenati, fece uno sforzo e vinse la propria timidezza per rassicurare Rachele e sé stesso. «Spero» disse colla voce un po' tremante, «che non mi vorranno separare da' miei piccoli amici. Abbiamo fatto conoscenza l'anno scorso...» I bambini lo guardarono sgranando gli occhi ed aprendo la bocca per lo stupore. Non lo riconoscevano affatto, quel bel signorino. Giovanni sedette in mezzo a loro, e là ogni soggezione scomparve. Serví i piccoli commensali, tagliò la carne nei piatti, spezzò il pane, poi cercò di farsi riconoscere: «Una volta c'erano sei bambini...» e li descrisse coi loro difettucci, che li fecero ridere ed arrossire ciascuno alla sua volta. «E c'era un ragazzaccio più grande di loro, vestito da prete, con una zimarra così e così, con un cappello a questo modo...» e tirò via a fare la propria caricatura. I bambini finirono per ricordarsi e raffigurarlo; e fu un ridere, una chiassata, un'allegria tale, che alla mensa vicina non s'udivano più l'un coll'altro, e le burle del Dottorino, che pure da trent'anni parevano sempre divertevoli, non riuscivano a suscitare la solita ilarità. A poco a poco i discorsi gravi di politica e di interessi municipali furono abbandonati, e tutti quei personaggi seri, consiglieri del Comune e della Provincia, amministratori di Opere Pie, si trovarono col capo inclinato e l'orecchio teso verso la tavola dei bambini, dando retta se potevano afferrare qualche parola, che li facesse partecipare a quell'allegria. Il signor Pedrotti, però, non la prendeva in buona parte, come gli altri, la metamorfosi del suo beneficato. La sua idea era sempre stata di atteggiarsi a protettore, di incoraggiare con una parola buona fatta cadere dall'alto quel giovinetto inconscio del proprio valore, e d'aver lui il vanto d'avere scoperto un genio ignorato. E voleva che Giovanni, standogli dinanzi, fosse compreso di tanta riverenza, da non osar di parlare senza essere interrogato. Quella libertà di spirito, tutta nuova nel ragazzo, gli parve una mancanza di rispetto. Volle riaverlo sott'occhio per tenerlo a segno e gli disse con una certa ironia: «Poiché sei tanto allegro, vieni qui. Facci un po' ridere anche noi». Giovanni, che nella rigidezza inesorabile de' suoi principii, aveva tutta l'inesperienza de' suoi diciott'anni, si sentì offeso come se gli avessero detto: «Vieni a fare il buffone» e poi avessero anche soggiunto: «come fa tuo padre». Fare la figura del parassita che faceva il Dottorino, era il suo grande spavento; stava sempre in guardia per non caderci, ed era scontroso per paura di esser servile. Si alzò per obbedire; ma nel suo cuore si propose severamente di non prestarsi «a quella parte ignobile da giullare». Il posto che gli venne offerto si trovò, per combinazione, accanto a Rachele; forse perché, nella sua cortesia da padrona di casa, era stata la prima a tirarsi da parte. Ma la presenza di Giovanni non portò nessuna allegria alla tavola signorile. Egli stava sulle difese, ed assumeva modi riservati, serii, da gentiluomo. Avviò colla sua vicina un discorso sulla letteratura; ed essendo romantico e puritano, sparlò dei novatori, e fece un lungo elogio dei *Promessi Sposi*, insistendo sui miglioramenti della seconda edizione. La Rachele aveva letti i *Promessi Sposi* in collegio, ma non aveva badato all'edizione e non sapeva che differenza ci fosse fra la prima e la seconda. Immaginandosi di far cosa grata al suo ospite, disse che aveva letta la prima edizione, e che si struggeva di conoscere la seconda. Si mostrò anzi desolata di esser giunta alla sua età senza aver letti i *Promessi Sposi* corretti. Giovanni le offrì premurosamente di portarglieli, ed ella diede segni di grande gioia. Ma il signor Pedrotti li interruppe: «Che bisogno c'era di farne una seconda edizione?». Quel discorso letterario era contrario alle abitudini di Fontanetto, e dava sui nervi al castellano. Egli considerava i letterati come gente sfaccendata ed inutile; non capiva che si spendessero quattrini pei libri, i quali «*se anche si leggono,* dopo letti non servono più a nulla». Ed esclamava con sussiego: «Mio Dio! Da dove cavano da vivere costoro?» poi soggiungeva severamente: «Farebbero meglio a lavorare». Quando tornava, dopo aver visitati i suoi campi e le sue piantagioni, pigliava il giornale di Torino, a cui era abbonato, e diceva ridendo: «Ed ora vediamo come si piantano le carote». Era una facezia del Dottorino che il Pedrotti aveva fatta sua da dieci anni, e che il Dottorino applaudiva sempre come un tratto di spirito del castellano. Quand'ebbe giudicati i *Promessi Sposi*, il signor Pedrotti si volse alla sua vicina, e le disse con aria furba: «Ho fatto allungare la tavola un metro di più quest'anno, ma un'altra volta che avrò il piacere di ricevere delle signore, dovrò anche far allargare gli usci». Alludeva alla crinolina, e tutti si misero a ridere, ed il Dottorino canticchiò il ritornello d'una canzone che era di moda fra il popolino di Novara:

«La stella cometa la vegn ai vot or.
E i donn in giornada gh'an sott el vapor»

E si rise daccapo, poi si parlò della cometa, che era il grande avvenimento dell'annata; si ripeterono in proposito i pregiudizi dei contadini: «Segno d'epidemia?», «Una gran guerra o una gran carestia» ecc. ecc. Ci furono delle risate, ma su certe fronti appare poi un'ombra d'inquietudine, se avessero ragione i contadini? «La Castalda» narrò il Pedrotti «mi disse che l'altra sera la cometa *scopava* il cortile colla sua gran coda; e poi esclamò: "Poveri noi! Poveri noi!" Domandai perché; e mi rispose: "Non capisce? Scopava via il raccolto". È un avviso. Ah! Ah! Ah!». Aspettava una risposta del Dottorino; e, vedendolo intento a discorrere colla sua vicina, gli gridò ammiccando: «Eh! Dottorino! Scopava via il raccolto la cometa!». «Sie! Vorrei averlo io tutto quello che rimane dopo la scopatura» s'affrettò a rispondere il Dottorino, che l'aveva già detto la sera prima in farmacia. Era la risposta che voleva il Pedrotti, sempre lusingato di sentire che altri desiderava quanto egli possedeva. Diede l'intonazione dell'ilarità, e risero ancora, e su quel tono avrebbero tirato via a ridere fino a sera. Ma neppure gli spiriti più eletti si trovano sempre in perfetto accordo. Dirimpetto a Giovanni c'era la moglie del segretario comunale che non prendeva parte all'allegria generale. Era una donna sulla quarantina, lunga, magra, bionda, col viso arrossato dal sole, il che, da lontano, le dava una falsa apparenza di freschezza, e fomentava le sue pretese alla gioventù. Era sempre accigliata; parlava sempre colla bocca stretta, e con un piglio così aspro, che aveva l'aria d'ingiuriare la gente. Invece diceva sempre delle gentilezze, ed anche delle cose dolci: «Rachele, questa sera sei bella come un fiore» ed era come se avesse detto: «Come t'è venuto in mente di vestirti a quel modo?». Aveva la mania di cantare le romanze più languide del repertorio invecchiato in città:

«Non mi chiamate più biondina bella,

(qui il Dottorino susurrava invariabilmente che nessuno ci pensava più da un pezzo)

Chiamatemi biondina sventurata».

Intavolò con Giovanni un discorso sentimentale sulla musica: «Io la *sento* la musica. La sento tanto che ne patisco. Mi fa sempre piangere. Sul lago d'Orta l'anno scorso abbiamo sonato e cantato in barca, di notte, al chiaro di luna. C'era un flauto. Ah, quelle note del flauto! *Io t'amerò finché le rondinelle...*» Giovanni, che per la prima volta si vedeva trattato da uomo e preso a confidente da una signora di tanta autorità, credé bene di risponderle approvando interamente i suoi gusti musicali. Recitò con calore mezza appendice che aveva letta in un giornale di Milano, e fece una tirata contro Wagner, tirata che la signora udì con profonda stupefazione. Egli parlava forte per farsi coraggio colla propria voce, e per apparire disinvolto, mostrando apertamente di sdegnare gli argomenti triviali di conversazione che piacevano ai suoi commensali, ed ostinandosi a mantenere il discorso sui temi alti della letteratura e dell'arte, come se dicesse: «Qui sono nel mio elemento; alle vostre meschinità non voglio discendere». Il signor Pedrotti perdé affatto la pazienza. «Mi pare» gli disse, «che ti occupi un po' troppo di politica, e di musica, e di cose che non ti riguardano. Faresti meglio a lasciare le arti ai signori, ed a badare a' tuoi studi, altrimenti i sacrifici che si son fatti per te andranno perduti». Giovanni, da rosso che era, si fece pallido di rabbia. Stava per rispondere qualche cosa di risentito, ma, appunto in quel momento, Rachele gli porgeva un piatto di dolci e gli sorrideva per invitarlo a prenderne uno. «Grazie» disse Giovanni sbadatamente. E stese la mano un po' tremante per pigliare il piatto da passare alla sua vicina, e tornare alla risposta acerba che aveva in gola. Ma Rachele insistette. «Non vorrà rifiutare la mia offerta...» No; non rifiutava; prese un confetto a caso, e di nuovo stese la mano. Ma lei lo consigliò ad una scelta migliore; un dolce di cioccolatte. Dovette gradire, ringraziarla. Intanto il signor Pedrotti s'era impegnato in un altro discorso, parlava della ricchezza mobile, a cui il Dottorino contrapponeva con l'usato spirito la *povertà stabile*, facezia che allora era ancora fresca, e produceva un grande effetto. Giovanni finí per capire che tutte quelle manovre di Rachele tendevano appunto ad impedire che avvenisse un diverbio fra il signor Pedrotti e lui; e gli parvero un prodigio di tatto, di disinvoltura. «È una vera signora» pensava. E si sentiva più che mai umiliato delle sue timidezze segrete e delle sue spavalderie artificiose. E desiderava ardentemente di diventare un vero gentiluomo; ma capiva di non esserlo, e non osava più studiarsi di parerlo. Dinanzi a Rachele si sentiva piccino, e si vergognava. Avrebbe volentieri fatto qualche cosa di eroico per nobilitarsi agli occhi della giovinetta; ma in realtà osò appena rivolgerle qualche parola, e non ebbe ancora il coraggio di porgerle la mano nel congedarsi, sebbene, dacché era entrato, e prima d'entrare, si struggesse di quel desiderio.

Rachele s'ingegnò di essere gentilissima in quel congedo; poi, rimasta sola, al momento d'andare a dormire, sedé sulla sponda del letto, e stette un pezzo pensosa. Si ricordò che il giorno prima aveva scambiate alcune parole scherzose col pretore, un giovine di trent'anni che le aveva fatto un po' la corte, provò un dispetto, una rabbia indicibile contro quel magistrato: se l'avesse avuto sotto mano, lo avrebbe battuto. Ne' giorni successivi Rachele non poté staccare il suo pensiero da Giovanni; la parola ardente del giovine le aveva fatto grande impressione. «Certo, egli doveva conoscere a fondo le lettere e le arti per parlare a quel modo. Il signor Pedrotti era vecchio, e viveva in un villaggio; non era capace di comprenderlo; ma realmente quel giovine aveva un ingegno straordinario...». Pensando alle umiliazioni che gli infliggevano i suoi protettori si sentiva struggere. Le pareva che lo trattassero con enorme ingiustizia e crudeltà. La menoma allusione alla pensione pagata per lui le pareva un'offesa; e Giovanni le appariva come una vittima della società, una nobile vittima che sopportava con dignità sublime quella tortura, frenando il suo bollente sdegno giovanile, dissimulando il suo giusto orgoglio, per rispetto all'età di quei signori. Ne faceva un martire ed un eroe. Aveva indovinato ch'egli l'amava e n'era superba. Ogni volta che sapeva di doversi incontrare con lui, s'aspettava che le facesse una *dichiarazione*. Si proponeva di compensare in quel momento il suo giovine innamorato di tutte le umiliazioni patite. Era un disegno audace, di cui non c'era esempio nei pochi libri d'amore che aveva letti, e neppure nelle confidenze delle sue amiche, dove la giovinetta respingeva sempre con indignazione le prime parole d'amore, salvo ad accettare le seconde. Lei aveva risoluto di rispondere alla prima. «Sì, ti amo, perché sei infelice e povero, e voglio essere infelice e povera con te». Aspettando la *dichiarazione*, studiava ogni mezzo per atteggiarsi da fanciulla innamorata. Diceva spesso: «Non posso soffrire i ricchi ignoranti. Non isposerò mai altri che un uomo d'ingegno. La povertà degli uomini d'ingegno è una nobile povertà. Tutti gli uomini grandi sono stati poveri». Parlava di Giovanni ad ogni proposito; soltanto, non osava dire il suo nome, e lo chiamava il figlio del Dottorino. Le sue compagne le dicevano: «Già, tu sei innamorata del figlio del Dottorino». L'ardire cavalleresco di Rachele non arrivava fino a confessare apertamente il suo amore. Ma nel suo donchisciottismo giovanile, era contenta che lo indovinassero. Suo padre disprezzava quel giovine, e lei lo amava. Era una riabilitazione. Metteva quel sentimento in ogni cosa. Aveva adottato un motto, che scriveva in testa alle sue lettere, sui fascicoli di musica, sui libri, dappertutto:

«Povera e ignuda vai, filosofia»

Possedeva quello sciocco libretto del linguaggio dei fiori che piace tanto alle collegiali, e portava sempre in petto dei fiori simbolici; molte volte erano tanto strani che attiravano l'attenzione. Portò per un pezzo un tulipano, la *dichiarazione d'amore*; era quella che aspettava da Giovanni.

Un giorno fu veduta con un garofano puntato colla testa in giù. «Perché ti metti quel garofano al contrario?». «Vuol dire *amore incompreso*». In un giorno di scoraggiamento si mise alla cintura un cardo selvatico, che punse le amiche quando vollero abbracciarla. Era il simbolo dell'*infelicità*. Si ricamava dei goletti stravaganti, dove, invece dei soliti disegni d'ornato dei ricami in bianco, c'erano delle viole del pensiero con una leggenda sentimentale, delle colombe con una cartolina in bocca su cui c'era un motto poco leggibile. Tutte fatiche perdute, perché nella minutezza quei particolari passavano inosservati; e Giovanni era troppo orso perché le chiacchierine delle ragazze, che ci vedevano chiaro, giungessero fino a lui. Egli intanto s'isolava nel suo amore, e soffriva della sua condizione umile. In quei mesi di vacanza passava gran parte della giornata solo, errando per la campagna, e meditava molto, e faceva interminabili castelli in aria. Si figurava d'aver compiuti gli studi, e d'essere riuscito a fare qualche cosa di bello; non sapeva definire precisamente che cosa; variava a seconda delle impressioni del giorno, delle letture che aveva fatte. Una volta sognava un trionfo ottenuto con un grande lavoro drammatico; un'altra volta una causa importantissima vinta in tribunale; o aveva stampato un libro a cui tutta la critica applaudiva; o veniva eletto deputato per acclamazione, portato in Parlamento dalla stima e dall'amore di tutto un paese; o otteneva la votazione d'una legge, giusta ma insperata, grazie ad un prodigio d'eloquenza parlamentare... Qualche volta immaginava guerre, atti d'eroismo; si vedeva ferito, decorato sul campo, insignito di alti gradi militari; l'uomo più illustre d'Italia. E quando era giunto al punto più alto del suo sogno, si metteva ai piedi di Rachele, e le diceva: «Tutto questo l'ho fatto per rendermi degno di te». Ed allora gli pareva che la Rachele delle sue visioni lo accettasse con tenerezza, quasi con riconoscenza. Erano soli e, vinta dalla passione, si abbandonava nelle sue braccia, e gli confessava che lei pure lo aveva amato sempre, che lo aveva aspettato perché aveva fede in lui. Finì per sommergersi talmente di quelle sue fantasie, che sfuggiva la gente per non distrarsene. Era un mondo illusorio che s'era creato, e nel quale gustava dolcezze ineffabili. Là, la sua timidezza, la sua sguajattaggine, non gli creavano imbarazzo o vergogna. Là era come avrebbe voluto essere, e si sentiva pienamente felice. A poco a poco riuscì a persuadersi che quei sogni dello spirito fossero fondati su qualche cosa di reale; che Rachele ne fosse a parte veramente, come lui ne la metteva a parte nella sua fantasia; non le considerava più come un suo sogno, ma come un suo segreto, ed un segreto comune con lei.

Una sera, salendo la collina, contrò in Rachele, con una brigata di signori che scendevano dal vigneto. Ella si sentì arrossire, perdette il filo del discorso che stava facendo, e fu presa da tanta commozione al vederlo, che non osò alzar gli occhi su di lui, e lo salutò appena con un lievissimo cenno del capo. In realtà, tolto di mezzo l'amore il quale non era stato confessato, non c'era nessuna ragione perché il saluto di quella signorina, unica erede del primo possidente del paese, dovesse essere più espansivo verso quello studente povero. Ma Giovanni aveva tanto riunite le loro esistenze ne' suoi sogni d'amore, s'era tanto dato a lei, l'aveva tanto fatta sua coll'immaginazione, che aveva finito col persuadersi che vi fosse un vincolo reale fra loro, e quel saluto freddo gli fece l'effetto d'un secchio d'acqua tra capo e collo, lo meravigliò come un fatto strano, gli parve un'infedeltà, un abbandono. Si sentì offeso, infelice; ripensò i grandi argomenti che aveva per credere all'amore di Rachele: i fiori che lei stessa aveva posti accanto a lui sulla tavola dei bambini; il dolce che gli aveva offerto per impedirgli di bisticciarsi col signor Pedrotti... Non c'era altro; ma su quella magra tela, e su quel saluto freddo, egli ricamò tutta una storia d'amore e d'abbandono, nella quale si assegnava la parte interessante della vittima... E la mattina seguente, che era appunto domenica, andò in chiesa, si mise in capo al banco dei signori Pedrotti, nell'atteggiamento che pigliano nei romanzi gli amanti infelici, e per tutta la durata delle funzioni perseguitò Rachele con uno sguardo pieno di dolore e di rimprovero. Rachele ne fu profondamente turbata.

Quando Giovanni fu per partire, il signor Pedrotti lo invitò ancora una volta a pranzo. Il Dottorino portò quella notizia al figlio, ed era giubilante. Un pranzo signorile era sempre un avvenimento felice per lui. Giovanni ne fu invece agitatissimo, e fantasticò i più strani disegni, che gli tolsero il sonno. Il giorno dopo, al momento di presentarsi in casa Pedrotti, era estenuato d'aver vegliato tutta la notte su quel pensiero, in un'alternativa febbrile di fantasticherie amorose, di sdegni, di rimproveri, di scene di riconciliazione, sulle quali aveva pianto lacrime bollenti nel segreto del suo guanciale. Per questa volta era ben sicuro che lo butterebbe fuori quel segreto che lo torturava. Gli pareva che, dopo quanto aveva sofferto, gli riuscirebbe più facile parlare che tacere. «Perché mi ha salutato con quella freddezza? Che cosa le ho fatto? Non si ricorda i fiori che ha messi per me sulla tavola dei bambini? Crede che io non abbia capito cosa volevano dire quei fiori? Erano una dichiarazione, erano una promessa...». Tutto questo gli pareva di doverlo dire spontaneamente, a bassa voce, e che Rachele non potesse meravigliarsene, dopo quanto c'era stato fra loro. Come accade sempre ai sognatori, la realtà dissipò tutti i fantasmi della sua immaginazione. Gli bastò di vedere la tavola apparecchiata, e i soliti invitati, i soliti bambini, ed il volto di Rachele che gli sorrideva cortesemente, per capire che aveva sognato, e che tra lui e quella giovinetta non c'era nulla di comune. Questa delusione lo mortificò; si sentì scoraggiato, triste, e non badò più a mostrarsi disinvolto come l'altra volta. Vedendolo cogli occhi bassi, muto, e che non mangiava, il signor Pedrotti si sentì riconciliato col suo protetto, e non gli parve vero di riprendere la parte di protettore, d'incoraggiarlo, di predirgli una carriera splendida. «Devi diventare un grand'uomo per giustificare la fede che ho avuta in te; ed io avrò la mia parte di gloria per avere scoperta una gemma nascosta...» Quando il Pedrotti parlava così, Giovanni si sentiva incoraggiato davvero, non solo per la sua carriera, ma per le sue speranze d'amore. «Se ha fede in me...» pensava. E le asprezze, le alterigie, le umiliazioni che gli aveva fatto patire, gli si toglievano dalla mente. Il Dottorino, sempre pronto a divertire il suo ospite, riprese la sua parte di bello spirito; ed alla fine del pranzo i commensali erano in tale ilarità, che la presenza d'una giovinetta diveniva importuna; ed anche quel ragazzo, che non si sapeva ancora quanta esperienza avesse della vita, paralizzava l'allegria dei vecchi amici. Uscirono tutti a prendere il caffè sotto la *veranda* fuori della stanza da pranzo ed il signor Pedrotti disse a Rachele ed a Giovanni: «Badate un po' ai bambini, che non s'arrampichino al terrazzo laggiù».

Gl'innamorati s'avviarono in silenzio senza guardarsi. Dalla *veranda* al terrazzo c'era un pergolato dritto: si sentivano sotto gli occhi dei vecchi; ma sopratutto erano in soggezione di loro stessi. Il pranzo s'era prolungato, ed in autunno le giornate sono brevi. Era sull'imbrunire. Il terrazzo in fondo al giardino dominava la pianura del basso Novarese e, dietro il castello, le colline addossate ai monti nascondevano il sole che in quei giorni d'autunno tramontava presto. I bambini, disturbati nei loro giochi, risalirono il viale, e si rimisero a giocare ad una certa distanza. I due giovani si appoggiarono al parapetto del terrazzo. La campagna era deserta; si udiva appena qualche grillo, una cicala che prolungava sola il canto, dopo che le sue compagne avevano finito il loro romoroso concerto, nella vasca del giardino il tonfo d'una rana di tratto in tratto, e giù nel viale il cicalìo dei bimbi. Da lontano le acque del Sissone facevano il rumore d'una sega. Il terrazzo era coperto da una vite vergine, le cui foglie s'erano fatte rosse, ma erano ancora foltissime. Giovanni si ricordò che appunto là aveva sognato di fare la sua confessione, e di stringersi al cuore Rachele in un'estasi d'amore. La guardò così estranea a lui, così contegnosa e bella, e quel pensiero gli parve addirittura mostruoso. Ne ebbe vergogna, e volle dire qualche cosa d'indifferente, per paura che Rachele indovinasse la sua stravaganza. Ma non sapeva cosa dire. Laggiù sotto la *veranda* si vedevano balenare un momento le vampe dei fiammiferi, poi si spegnevano, e le punte luccicanti de' sigari rimanevano come occhi di fuoco a guardarlo fisso. Echeggiò una risata sonora dei vecchi, e Giovanni disse colla voce commossa: «Come ridono!». Rachele non trovò nulla da rispondere. Disse: «Già!» e, come per temperare il laconismo di quella parola, sorrise al suo compagno. Nell'incontrarsi dei loro sguardi, Giovanni si ricordò come l'aveva guardata in chiesa, gli parve d'essere ancora in quella situazione, ma senza l'impossibilità di parlarle che allora lo aveva incoraggiato. Anche Rachele aveva il volto infiammato, e s'inchinò a guardare la pianura per non farsi scorgere. Giovanni capì ch'ella risentiva un'impressione nuova dalla loro vicinanza e dal loro isolamento. La contemplava tutto tremante. Quel rossore, quel turbamento di Rachele, erano suscitati da lui, gli appartenevano, e non voleva che gli sfuggissero come i suoi sogni. Ma non trovava nulla da dire, e non era neppur sicuro di poter parlare. Quegli occhi di fuoco sulla punta dei sigari gli davano soggezione; e tratto tratto un bambino lo pigliava per le gambe e gli si rimpiattava dietro, mentre l'altro gli saltellava dinanzi strillando e ridendo. Tutto questo lo confondeva, gli faceva perdere l'equilibrio. Ed intanto gli batteva il cuore, gli battevano i polsi in modo assordante, si sentiva venir meno le forze come se svenisse. Fece un passo verso Rachele come per dirle: «Ti amo!», ma un impeto di pianto gli gonfiò il cuore; non disse nulla, e si abbandonò sul parapetto di marmo singhiozzando disperatamente. Rachele alzò il capo e domandò: «Giovanni, che cos'hai?». Ma la sua voce era mutata. Anche lei piangeva. Un momento tutte le esitazioni cessarono. Giovanni si rizzò col volto infiammato e cominciò con un impeto di passione: «Ho che sono pazzo, ho...». Due bambini si gettarono fra loro a capo fitto strillando di gioia, e li respinsero contro il parapetto, e tutti i sigari dei vecchi luccicarono infocati. «Ho che...» ripigliò Giovanni a bassa voce ed esitando; e non trovò più altro. Rimasero muti tutti e due, a capo chino, poi egli stese per la prima volta la mano in atto di congedarsi, e Rachele vi pose la sua. Entrambe erano diacce e tremavano forte. Giovanni strinse quella mano disperatamente, poi colla voce oscillante come un ubbriaco, susurrò: «Non glielo posso dire che cos'ho». E se ne andò quasi correndo, finché fu vicino a quelle punte di sigari che parevano avanzarsi per divorarlo. Quando fu lontano dalla fanciulla, tornando a casa pei violotti bui, accanto al padre che traballava camminando, Giovanni fu preso da un impeto di sdegno contro se stesso, si die' con persistenza dello sciocco ad alta voce, e pianse rabbiosamente. Aver lasciata fuggire un'occasione tanto favorevole senza approfittarne, senza dire tutto ciò che aveva nel cuore! E doveva passare un anno intero prima di rivedere Rachele! E Rachele, contemporaneamente, chiusa a chiave nella sua camera, si scioglieva in lacrime, e chiedeva mentalmente perdono al giovine di non aver saputo dirgli nessuna parola gentile per consolarlo, d'essere rimasta là come una sciocca, come una donna senza cuore e senza giudizio. S'amavano tutti e due, e sapevano d'essere amati; che altro ci vuole a questo mondo per essere felici? Ed erano come disperati.

Molte volte, da Torino, Giovanni ebbe un desiderio ardentissimo di scrivere a Rachele. Ma sapeva che non avrebbe potuto ricevere una lettera dalla posta senza correre il rischio, anzi, senza la certezza d'essere scoperta. L'impiegato postale era il fornaio, che vendeva anche droghe ed oggetti di chincaglieria; sua moglie e sua figlia si davano una cura grandissima delle lettere in arrivo ed in partenza, conoscevano dalle soprascritte i corrispondenti dei signori del paese, e non era sperabile che una lettera da Torino diretta alla signorina Pedrotti potesse passare senza suscitare un pettegolezzo, prima ancora di giungere al castello. Tuttavia non poté resistere alla smania di sfogare sulla carta la passione febbrile che gli bruciava il cuore. «Ti amo, Rachele, con tutto l'ardore della mia giovine anima, ti amo e disperato è l'amor mio... dimmi che m'ami dimmi che m'ami...». Provava un conforto a farsi risuonare all'orecchio, rileggendole, quelle frasi appassionate. Sovente invece di scriverle, leggeva le proprie lettere nella *Nouvelle Heloïse*, nelle *Confessions d'un enfant du siècle*, nel *Jacopo Ortis*, e gli pareva d'averle scritte lui, e di trovarsi appunto in quelle situazioni lagrimevoli, tanto lo struggimento della sua passione rinchiusa gli empiva l'anima di malinconia. Poi leggeva le risposte di quelle donne adorate ed infelici, e compiangeva dolorosamente Rachele, come se quella corrispondenza fosse sua, ed ostacoli insuperabili la togliessero per sempre al suo amore.

L'autunno ricondusse il giovine innamorato ad idee meno romanzesche. Quella fu un'annata eccezionale per Fontanetto. Ci fu il trasporto del Corpo di sant'Alessandro. Una festa straordinaria. I proprietari fecero degli inviti estesissimi. Ai pranzi i coperti si contavano a dozzine, e se ne tenevano apparecchiati diversi in più, per gli ospiti imprevidibili. Accorsero forastieri da tutti i paesi vicini; persino da Novara. Al castello c'erano due signore di Milano, madre e figlia, ed una Svizzera. La Svizzera era la governante; ma il signor Pedrotti non amava farlo sapere, e la presentava con aria d'importanza, come se fosse stata un gran personaggio, e fosse partita per l'appunto da Zurigo, per correre a Fontanetto, dietro la fama delle ossa di sant'Alessandro, e delle carni cucinate dal cuoco del castello. Le feste durarono tre giorni, ma tennero in orgasmo tutto il paese per l'intero mese di agosto, ed anche più. Ad un pranzo di cinquanta persone si ha più libertà, senza dubbio, che ad uno di dieci. Giovanni e Rachele si trovarono spesso come isolati e soli in mezzo a quella folla rumorosa. Soltanto, l'ambiente non era abbastanza poetico per certe frasi che il giovane innamorato aveva pensate la notte, e doveva dirne delle altre assai meno liriche: «Volevo scriverle, sa, da Torino. Anzi, le ho scritto più volte». «Oh, mio Dio! Io non ho ricevuto nulla!» esclamava Rachele, spaurita all'idea di quelle lettere nelle mani di chissà chi. «Non si spaventi» s'affrettava a dire Giovanni. «Ho scritto, ma non le ho mandate le mie lettere». «Allora, perché le ha scritte?». «Perché sentivo il bisogno di dirle qualche cosa». E dopo una pausa soggiungeva abbassando ancora la voce, e guardandola con passione: «E lei, non lo hai mai sentito quel bisogno?». «È troppo curioso» rispondeva Rachele arrossendo. E quel rossore voleva dire di sì, che aveva scritto, che se ne vergognava un pochino, ma che ardeva dal desiderio di comunicargli quegli sfoghi epistolari, e di leggere quelli di lui. Giovanni aveva già molto domata la sua timidezza da scolaretto. Osava fissare lungamente la bella fanciulla negli occhi, e non arrossiva più. Essa pure lo guardava tratto tratto, tanto più se erano un po' lontani, ed allora si dicevano cose appassionate con quei lunghi sguardi mesti. Le parole non avrebbero potuto dirne di più. Omai s'intendevano, e con quel muto linguaggio si comunicavano questo desiderio comune: «Se fossimo soli!». La sera Rachele stava spesso sul terrazzo in fondo al giardino, e Giovanni passeggiava sulla strada di là dal fossato cogli occhi sempre rivolti a lei. E lei lo seguiva collo sguardo tenace. E quando s'allontanava, egli si voltava indietro ad ogni passo, si fermava, tornava a guardare, tornava a fermarsi, e soltanto allo svoltare della contrada, quando aveva passeggiato tanto che s'era fatto buio e si vedevano appena, si toglieva il cappello lentamente per prolungare quel saluto, che lei rendeva con un lieve chinare del capo. Quell'ora dell'imbrunire era il loro pensiero di tutto il giorno. Dopo la prima volta, senza dirselo, erano tornati tutti e due ogni sera, lei sul terrazzo e lui sulla strada. Era sempre la stessa cosa, lo stesso passeggiare, lo stesso guardarsi, lo stesso saluto. Ma era un godimento infinito e provavano un vero dolore quando, per una causa qualunque, dovevano mancare al muto convegno. Ed il giorno dopo chi aveva mancato assumeva l'aria compunta d'un colpevole, e chi era stato deluso all'appuntamento si mostrava sdegnato. Poi, a forza d'occhiate, che, a quella distanza del resto, non avevano altra espressione che la fissità, riuscivano a turbarsi a vicenda, a commoversi, a suscitarsi nell'animo quella tempesta di affetti, che fa battere il cuore fuor di misura, e rende incapaci di tutt'altro sentimento che contemplare, amare, desiderare.

La festa di sant'Alessandro era passata; si cominciava già a parlarne un po' meno; e chiunque possedeva un tralcio di vite al sole, pensava alla vendemmia. Il Dottorino non aveva il menomo stelo di sua proprietà in tutto il regno vegetale; il garofano che fioriva sulla sua finestra, in una vecchia zuppiera senza manico, era della Matta, e persino la zuppiera era stata sua soltanto abusivamente perché non l'aveva pagata mai. Ma il Dottorino era l'anima delle vendemmie come dei pranzi. «Potete fidarvi, che dell'uva non ve ne mangio» diceva. «La volpe, che trovava acerba soltanto quella a cui non poteva arrivare, non era furba quanto me. Non sapeva che è sempre acerba anche quella che si ha nel paniere, perché l'uva, per maturare, ha bisogno dell'aria del tino». Figurarsi se quei signori vignaiuoli non pensavano a portargli una buona bottiglia d'*uva matura*, ed a gustarla con lui! Ne conoscevano troppo gli effetti sullo spirito giocondo del Dottorino, per non provocarli. Un giorno Giovanni si scontrò con suo padre sulla strada di Ghemme, ed il Dottorino lo invitò a seguirlo nel vigneto dei signor Pedrotti, dove raccoglievano l'uva bianca, e rimanevano tutto il giorno. Per quella sera Rachele non andrebbe sul terrazzo. Giovanni provò una deferenza per l'autore de' suoi giorni!... Non fece che voltar strada e camminargli a fianco, finché, giunti al vigneto, si dispersero in due filari diversi, perché il vecchio prendeva la più breve per arrivare al villino. C'era tutta la società elegante di Fontanetto a quella vendemmia. Giovanni udiva le chiacchierine delle signore traverso il filare di viti. «È dolce come il miele» diceva la moglie del segretario col viso arcigno come se dicesse: «È veleno». «Io ho sempre desiderio dei grappoli a cui non arrivo colla mano» rispondeva la voce acerba d'una giovinetta. «Allora eccone uno che ti farebbe voglia» osservò Rachele; e si accoccolò protendendo un braccio traverso il fogliame fitto che radeva il suolo, ed appoggiandosi coll'altra al terreno arso e cretoso. Ma il grappolo era indietro indietro, dall'altro lato del filare, e non le riesciva di coglierlo. Invece sentì qualche cosa di caldo solleticarle il palmo, e, quando ritirò la mano che qualcuno aveva trattenuta, s'avvide che stringeva un garofano. «Cos'è? Perché hai gridato?» domandò la segretaria. «Perché mi sono graffiata tra i rami» rispose la Rachele che aveva riconosciuto le labbra amorose, ed il garofano della finestra di Giovanni. Poi, come se cercasse altri grappoli attraenti, si fece innanzi affrettando gradatamente il passo finché si curvò, scomparve sotto i tralci di vite, e si perdette nel vigneto. Nessuno le tenne dietro. Ciascuno era libero d'andare dove amava meglio. S'era fatta innanzi senza una risoluzione precisa. Sapeva che Giovanni era là, ed il cuore la spingeva ad isolarsi. Dopo un tratto, aveva veduto la bella testa bruna traverso la vite, incorniciata di pampini come la testa di Bacco. Egli la guardava fissamente cogli occhi ardenti e mesti. E quegli occhi la attiravano irresistibilmente. A capo chino, rossa in volto, camminando a rilento, si fece innanzi fino a lui, come una magnetizzata. Allora egli si chinò, sollevò i rami facendole un piccolo arco verdeggiante, ed ella passò in silenzio. I rami ricaddero, ed i due giovani si trovarono l'uno in faccia all'altro, pallidi, commossi, palpitanti, in un filare vendemmiato. Giovanni le prese le mani e le disse: «Parto doman l'altro. Per un anno non ci vedremo più». Rachele chinò il capo e non rispose. La persona alta di Giovanni si stringeva a quella di lei, ed il suo viso, curvo sulla testa bionda della giovinetta, s'infiammava tutto del desiderio di stringerla fra le sue braccia. Il suo alito caldo le faceva tremolare i riccioli sulle tempia, le solleticava la nuca e l'orecchio. Rachele mise un sospirone come se avesse un gran peso sul cuore. Egli pure sospirò; poi, come per consolarsi di quell'affanno che li opprimeva tutti e due in mezzo a tanta ebbrezza d'amore, si pose il braccio della Rachele sotto il suo, e la tirò innanzi appoggiata così come una sposa, senza cessare di stringerle la mano. Egli susurrò: «Sarai sempre mia?» «Sì» disse Rachele sospirando ancora. Poi soggiunse: «Saremo uniti come fratello e sorella». Era una fisima che aveva letta in un romanzo. A Giovanni parve l'ultima espressione dell'ingenuità verginale; un sogno di poesia celeste. Sentì di doverla adorare in ginocchio per quella parola, e le promise di sì, che l'amerebbe a quel modo. In quel momento aveva la convinzione di potersi innalzare a quella idealità. E, dopo questo, non trovarono più nulla da dire. Continuarono a camminare in silenzio, con una grande mestizia sul volto ed un gran peso sul cuore, stringendosi le mani per confortarsi a vicenda, muti e gravi, come chi ha compiuto un atto solenne. In capo al filare si separarono. S'erano tenuti stretti fin allora; ma, al momento di darle un bacio, Giovanni ebbe soggezione dell'aria aperta, dell'orizzonte vasto, e la attirò sotto un ciliegio, da cui pendevano abbandonati i rami foltissimi di una vite vendemmiata. Sotto quell'arco verde, nascondendosi dall'aria, dal cielo, stese le braccia con uno sguardo supplichevole. Voleva che Rachele vi si abbandonasse da sé. E vi si abbandonò; e si strinsero un momento con una passione, che smentiva l'idealità dei loro propositi. Ma, per quel momento, non c'era a temere. Tutti i Cherubini e Serafini, i Troni e le Dominazioni, e perfino le undicimila vergini che fanno corona al Padre Eterno, avrebbero potuto contemplare quell'abbraccio amoroso e desolato senza aver bisogno di velarsi la faccia.

Quando il Dottorino e suo figlio scesero dal vigneto, la Matta stava alla finestra, mondando amorosamente la pianta del garofano. Ne aveva contati i fiori più volte; era sicura che ne mancava uno. La mattina Giovanni era uscito con un garofano all'occhiello. La Matta rideva e cantava forte, e tornava a mondare, ad inaffiare, a contare i fiori della sua pianta. Quando Giovanni rientrò, la serva gli si fece incontro ridendo e guardandogli l'occhiello dell'abito. Ma ad un tratto cessò di ridere e se ne andò in cucina. Il garofano non c'era più. Più tardi il Dottorino era fermo sulla porta di strada. Tutta la brigata, che aveva pranzato al vigneto dei Pedrotti, scendeva la contrada, e, giunta alla porta del Dottorino, si fermò a salutarlo. La Matta s'affacciò alla finestra, ma non rideva più come il mattino. Guardava la signorina Pedrotti. La vedeva grande e bella, e ben vestita, e pensava con soddisfazione: «Ora non giocherà più con Giovanni». In quella Giovanni uscì sul balcone della sua camera, e gridò: «Buona sera!» «Buona sera! Buona sera!» risposero tutti. Poi la voce limpida ed un po' tremante di Rachele disse ancora: «Buona sera!». Ed intanto guardava Giovanni, ed odorava il garofano. Il mattino seguente, quando Giovanni aperse la finestra per cogliere un altro di quei fiori, non trovò più neppure la zuppiera rotta. La Matta non riescì mai a capire le sue domande, né a rispondergli cosa fosse avvenuto della pianta di garofano. Si stringeva nelle spalle, e diceva come al solito: «Io non so»Del resto Giovanni non osava neppure insistere colle interrogazioni, perché la Matta era tanto crucciata quei giorni; non mangiava ed aveva sempre gli occhi rossi e gonfi di nuove lacrime. Forse c'era qualcuno malato in casa della sua balia.

Gli anni si succedevano. Giovanni aveva davvero un ingegno eccezionale, studiava con ardore, parlava bene, scriveva con arte, ed era anche poeta. Colla sua istruzione e coll'età, cresceva anche il suo amore e si faceva serio. A misura che il giovinetto diventava uomo ed imparava a conoscere il mondo, rettificava i giudizi erronei dell'inesperienza, e la sua passione diveniva meno romanzesca e più vera. L'unione fraterna, che aveva accettata un momento colla fantasia, lo faceva sorridere. Era tornato sempre nell'autunno a Fontanetto, ma, appunto perché s'era fatto uomo, non aveva più ottenuto d'esser solo con Rachele. Ma ormai si sentivano uniti come se si fossero fidanzati. I loro occhi, che si attiravano come se li unisse una corrente elettrica, le loro mani che si stringevano febbrilmente l'una all'altra, e si staccavano lente ed a stento, li legavano come una promessa. Avevano una lunga storia d'amore calda, viva, interessantissima da rammentare, e tutta così, senza parole. Anche il signor Pedrotti era espansivo con Giovanni, mostrava di volergli bene. L'ultimo anno poi, quando il giovine tornò colla laurea, gli fece tali dimostrazioni d'affetto da rassicurarlo completamente. Era evidente che nulla avrebbe amato meglio che di chiamarlo suo figlio. Intanto però era venuta l'antivigilia della partenza di Giovanni per Milano, dove andava a cominciare la sua carriera legale; era finito l'ultimo pranzo in casa Pedrotti; e le cose stavano sempre allo stesso punto. Quel giorno però il signor Pedrotti era stato affettuosissimo per Giovanni. Lo aveva abbracciato chiamandolo ripetutamente: «Il nostro avvocato». «Eccoti avviato ad una bella carriera» gli aveva detto. «Non mancarmi, sai. Bada che ho promesso di fare di te un grand'uomo. Ho avuto fede in te; ed ora che hai la laurea, tocca a te darmi ragione». Poi l'aveva abbracciato ancora ed aveva detto: «Chissà che non ti vediamo deputato e non dobbiamo ricorrere a te per il bene del nostro paese. Chissà! Se lo vuoi... *Volere è potere*». Tutto questo era detto bonariamente, ma in realtà, più per ricordare la parte ch'egli aveva avuto al conseguimento di quella laurea, e per atteggiarsi a protettore, che per ammirazione di Giovanni. Ma Giovanni raccoglieva quelle parole religiosamente. «Ho avuto fede in te». «Volere è potere». Egli voleva ottenere Rachele; e poiché il padre di lei aveva fede nel suo ingegno, perché non potrebbe? Anche Rachele pensava forse così, perché osservava con occhio di compiacenza quelle amorevolezze del babbo verso il suo innamorato. Più tardi, quando Rachele gli porse la chicchera del caffè, Giovanni le susurrò: «Bisogna ch'io le parli prima di partire». «Parli» disse lei, fermandosi come per porgergli la zuccheriera. Egli afferrò colla molletta un pezzo di zucchero, e riprese: «No, dobbiamo esser soli». Ella non fece nessun atto di sdegno, e lo guardò soltanto esitante, come per dire che non era possibile: «Il giardino è buio, non si può uscire». «Ora no; ma domani, se verrà sul terrazzo, io traverserò il Sissone al ponte dove l'acqua è bassa, e verrò sotto...»

Egli non vedeva altro mezzo per innalzarsi fino all'unica erede del signor Pedrotti, che allontanarsi dal suo paese e da lei e lavorare lungamente e con coraggio in una grande città. Ma temeva che, mentre egli preparava laggiù il suo avvenire, un altro, un ricco possidente, venisse a domandare Rachele a suo padre, e se la portasse via. Questo pensiero lo tribolava, e diminuiva il suo coraggio. Aveva bisogno di levarselo dal cuore come una spina. Per questo aveva risoluto di domandare prima a Rachele, poi al signor Pedrotti una promessa solenne, da portarsi con sé come un talismano.

Il giorno dopo Rachele ebbe l'emicrania, e preferì prendere l'aria tranquillamente sul terrazzo, mentre il signor Pedrotti saliva co' suoi amici al vigneto, dove le viti erano sfrondate, e non offrivano più riparo agli amanti, i vini avevano finito di bollire nei tini, ed i possidenti sedevano a giocare una partita di bazzica nel salotto del villino, colle vetrate chiuse. Giovanni giunse sotto il terrazzo per la via del fossato, e si fermò col capo in su, mezzo nascosto dai rovi che crescevano sulla ripa. Rachele era appoggiata al parapetto del terrazzo, tutta convulsa e pallida, come se avesse l'emicrania davvero. Era la stessa ora silenziosa, la stessa aria umida e fredda d'autunno, la stessa penombra, lo stesso isolamento di tre anni prima. Ma in quei tre anni le loro anime erano maturate alla vita; erano scese dalle nuvole. Giovanni era avvocato ed aveva ventidue anni. Non ebbe esitazioni; non rigirò le frasi. Era l'ambiente dell'amore, l'ambiente della confidenza, l'ambiente del tu. Non poteva arrivare neppure a prenderle le mani, ma alzò verso di lei il volto innamorato, e colla sua bella voce le disse: «Senti, Rachele; ho bisogno che tu rinunci ad amarmi come un fratello. Non siamo più due giovinetti ingenui: lo sai, lo comprendi che quell'amore ideale non mi basta». «Sì, lo so» sospirò la Rachele, tutta rossa e vergognosa, ma sincera. Egli la guardò lungamente in silenzio, mettendo in quello sguardo tutto l'ardore delle carezze che avrebbe voluto farle se avesse potuto giungere fino a lei; poi tornò a dire: «Mi permetti di domandarti a tuo padre prima di partire?». «Oh sì, sì!» susurrò la Rachele amorosamente. Egli continuò come se parlasse fra sé, rapito in estasi da quel consenso, che era la più grande delle espressioni d'amore. «Spero che non avrai a pentirti di questa parola, cara. Vedrai; non sono delle illusioni giovanili che mi creo. Ho la certezza di farmi un bel nome, di acquistarmi una situazione degna di te. Tu non sai, nessuno sa, la forza e le inspirazioni buone che mi dà il tuo amore. Se diverrò qualche cosa, lo dovrò a te, perché sei tu che mi sproni alle ambizioni nobili, al lavoro, al bene. È per ottener te, che desidero prendere un posto nel mondo, e guadagnare del denaro». Queste parole le diceva sommessamente, con tale accento di passione, che Rachele si sentiva stemprare il cuore nell'udirle. Non rispondeva che collo sguardo fisso ed appassionato. Egli riprese: «Credi che avrei studiato, che avrei un grado accademico a quest'ora, se non fosse per te? Io ho nel cuore tutti i germi delle passioni, e le tentazioni laggiù a Torino li riscaldavano potentemente per svilupparli. Se non avessi avuto quel gran desiderio di te che mi riempie l'anima, avrei presa la vita allegramente, avrei perduti i miei anni di studio, avrei disgustato tuo padre e gli altri, e sarei tornato qui a custodire le pecore, come diceva il mio babbo, o sarei rimasto uno degli spostati che vivono di ripieghi in città fra la miseria ed il vizio. Sei tu che m'hai salvato e m'hai spinto al bene. Ed ora devi sostenermi ancora, mettendoti là, al termine delle mie fatiche, come il mio premio, la mia meta, la gioia ed il riposo della mia vita». Alzò tutte e due le mani, come per implorare di stringere le sue malgrado la distanza. Ella si sporse, si curvò sul parapetto; ma non si raggiunsero. Allora Giovanni si sentì preso da scoraggiamento al vedersi così diviso da lei, e le disse: «Oh Dio! E se il tuo babbo mi dicesse di no?». «Per carità; non pensarlo» rispose Rachele. «Sarebbe terribile». «Ma se mai, di', cosa faresti?». «Morirei» susurrò la giovinetta. «No, no. Questi sono romanzi» disse Giovanni con impazienza. «E poi, io non voglio che tu muoia. Voglio che tu viva e che tu sia mia ad ogni costo. Di', lo sarai?» «Sì». «Anche se tuo padre non vuole?» «Questo è impossibile». «Perché?». «Perché... non so; non potrei resistere a mio padre: l'ho sempre obbedito, e lui m'ha sempre voluto bene...». Poi, come scacciando un'immagine triste, soggiunse: «Ma via non pensiamo al male. Ti dimostra tanta affezione: ha detto oggi che ha fede in te. Perché vuoi che ti rifiuti?». «È vero» ripetè Giovanni, «non pensiamo al male». Poi, cercando di aggrapparsi alla riva, domandò: «Mi vuoi bene?». Ella portò alle labbra la punta delle dita, e gli mandò un bacio senza sorridergli, seria e commossa come chi assume un impegno grave. Giovanni s'aggrappò con una mano sola alla ripa, per sollevarsi fino ad un piedino di lei che sporgeva tra le colonnette del terrazzo, lo strinse amorosamente coll'altra mano e lo baciò. La vasta pianura era coperta di nebbia e pareva il mare. Si distingueva appena, al di là del fossato nero, la linea cretosa della strada comunale. Sull'orlo della strada passava e ripassava un'ombra nella nebbia, e tratto tratto si fermava a guardar Rachele, ed a guardare giù nel fossato. «Addio» susurrò la Rachele. «Bisogna andar via, ci guardano». Ma Giovanni la rassicurò mentre s'allontanava: «Non badarci; è la Matta».

Giovanni passò la notte a disporre ogni cosa per la sua partenza. Non andava più all'Università; non riceveva più la pensione dei suoi mecenati. Andava a Milano nello studio d'un avvocato famoso, dove doveva fare il suo tirocinio, per poi esordire nel foro. Egli non dubitava di nulla. I suoi anni di studio erano stati una serie di trionfi. La stima dell'avvocato Berti, che lo prendeva con sé, gli appianava la via. E l'amore gli giubilava nel cuore. Il Dottorino quella notte rientrò in casa assai tardi. Aveva bevuto qua e là ed era allegro. Nel passare dinanzi all'uscio aperto della cucina, gli parve di vedere, sullo scalino del focolare spento, un corpo raggomitolato che si dondolava gemendo. «È il gatto» pensò il Dottorino a cui il vino aveva tolto il senso esatto delle proporzioni; e tirò via. Ma non era il gatto; e fino al mattino quel corpo raggomitolato continuò a dondolarsi ed a gemere nell'oscurità.

Giovanni si vestì cantando un'aria d'amore. Le sue note di tenore non erano mai risonate così alte e belle. Scese le scale cantando, e, giù nella via, nel silenzio del mattino, s'udì perdersi in lontananza quella voce solitaria. Errò per le straduzze dei colli cantando ancora, declamando versi, cominciando dei castelli in aria, interrompendoli, riprendendoli daccapo, agitato, impaziente. Finalmente alle dieci entrò al castello, e domandò di parlare al signor Pedrotti. Ma la sola vista del servitore che l'introdusse, diminuì d'un grado la sua sicurezza. Traversò la stanza da pranzo deserta: e le grandi credenze spolverate, le piramidi di piatti di porcellana, le buste d'argenteria chiuse, colla cifra sulla placca, lo rattristarono. Che distanza, mio Dio, dalla sua nudità a quella ricchezza! Poi passò pel salone buio, colle cortine abbassate, le imposte chiuse; e gli enormi seggioloni coperti dalle fodere grigie, coi sedili sovrabbondanti e protesi, gli parvero un'adunanza di proprietari panciuti, che stessero ad aspettare con sussiego la sua domanda per discuterne fra loro. Finalmente entrò nello studio, freddo, rigido nella sua nudità. C'erano poche sedie ed una scrivania; ma ai due lati della scrivania si rizzavano due alti casellari con una infinità di cassette, e sopra ogni cassetta era scritto, in grossi caratteri di stampa, il nome di una possessione. Il signor Pedrotti stava scrivendo in un libro mastro; alzò un momento il capo e disse: «Ah! Dunque te ne vai? Aspetta un momento che finisca questa nota». Tutto il coraggio di Giovanni era svanito. Si sentiva tremare il cuore al momento d'affrontare la grande questione. Leggeva macchinalmente i nomi delle terre: *Il Gentilino, La Peveraccia, Sant'Antonio al Fosso...* Erano piccole proprietà, ma erano proprietà; egli le conosceva tutte, e ne ignorava il valore. Le contò; erano quattordici. E gli parvero quattordici nemici chiamati là per attestare della sua miseria. Il signor Pedrotti chiuse il libro, e si alzò tornando a dire: «Dunque te ne vai, figliolo?». «Sì. Vado a cominciare la mia carriera...» rispose Giovanni. «E fai le tue visite di congedo?» domandò il proprietario, tanto per parlare. «Sì...» «Sei stato dal conte Valli, e dal parroco?...» «No, sono venuto prima da lei...» «Bravo, ti ringrazio. Vuoi restare a colazione qui? Saluterai anche Rachele». Giovanni si sentiva venir freddo, aveva le mani diacce e bagnate di sudore, ed il cuore gli balzava così forte che ne aveva il respiro corto e la voce tremante. Ma tuttavia quell'accoglienza buona lo incoraggiava, e, fermo nel suo proposito, disse: «No, grazie. Sono venuto per parlare a lei... d'una cosa importante... pel mio avvenire...». «Di' pure; in quel che posso» rispose il signor Pedrotti con aria di protezione. Poi soggiunge, vedendolo intimorito: «Ma non aver paura, il tuo avvenire è sicuro; hai ingegno, sei appoggiato ad un avvocato valente... Lavora, abbi coraggio, e vedrai; sai che ho sempre avuto fede in te. Il mondo è dei giovani, mio caro». «Sì; ma bisogna che i vecchi, cioè, quelli che non sono più giovani, ci aiutino un poco». «E ti hanno aiutato mi pare» disse il Pedrotti un poco adombrato dalla parola *vecchi*, e dalla paura che Giovanni non apprezzasse abbastanza le sue larghezze passate e ne domandasse di nuove. «Sì: e se sono qualche cosa, lo devo a loro» assentì Giovanni sempre più tremante. «Ma sa, tutti abbiamo delle aspirazioni; io vorrei diventare qualche cosa di più». «È giusto. L'ambizione fa i grandi uomini e le grandi cose» sentenziò il Pedrotti, usando una frase che aveva letta nel suo giornale. «Ebbene, mi fa piacere che dica così, perché ho una grande, grande ambizione» balbettò Giovanni, che ormai non poteva più frenare gli sbalzi della sua voce soffocata e commossa. «Bravo! E, si può conoscerla quest'ambizione?» domandò bonariamente il proprietario. «Vuoi diventare deputato?». «No. Voglio... voglio... sposare sua figlia» susurrò Giovanni con un mormorio appena percettibile. Il signor Pedrotti si rizzò sulla poltrona; lo guardò fisso cogli occhi sgranati, e stette un tratto senza trovare una parola da rispondere. Poi ripeté, come se non fosse certo d'aver capito: «Sposare mia figlia!». Giovanni chinò il capo come un colpevole, e lanciò il suo miglior argomento cavato dal fondo del cuore: «Le voglio tanto bene!». «Ti ringrazio dell'onore» disse con ironia il signor Pedrotti. «E lei pure vuol bene a me» soggiunse Giovanni, in cui l'indignazione era pronta, e ravvivava il coraggio. «Me ne congratulo tanto, ma sai cos'ha di dote mia figlia?» «Io non gliel'ho domandato, e la sposerei soltanto quando avessi altrettanto anch'io». «Ah bene: allora ne riparleremo». Ed il proprietario si rizzò indispettito come per chiudere la seduta. Ma Giovanni aveva ripreso ardire a quel rifiuto scortese, ed insistette: «Mi basta che lei prometta di non darla ad altri, e di concederla a me quando mi sarò fatto un nome ed una rendita». «Oh! io non firmo cambiali a così lunga scadenza» disse il signor Pedrotti facendo una spallucciata ed avviandosi all'uscio. «Non m'ha detto che ha fede in me?» domandò Giovanni con accento di rimprovero. «Oh, mi pare che basti!» gridò il possidente con un impeto di rabbia e picchiando un piede in terra. «T'ho dato retta anche troppo. Cosa ti credi d'esser diventato, per quello straccio di laurea che abbiamo pagato noi? Mia figlia non è per te, né ora, né mai. Mettitelo bene in testa. Voglio che faccia un matrimonio degno di lei e di me». «Ma posso diventarlo anch'io degno di lei» ribatté Giovanni fremente di sdegno. «Nossignore!» proruppe l'altro gettandogli quella parola in faccia come una ceffata. «Nossignore! Il figlio del Dottorino non sarà mai degno di mia figlia. Vattene, e che io non ti veda mai più vicino alla mia casa. Per Dio!» E sbatacchiò l'uscio dietro il povero innamorato, con un rumore più eloquente delle sue stesse parole.

Giovanni traversò il paese quasi di corsa, col viso infiammato, e tutti i nervi vibranti di sdegno. Salì nella sua stanza; vi si rinchiuse con impeto, come se, alla sua volta, sbatacchiasse l'uscio in faccia a quel ricco che lo aveva disprezzato. Poi si mise a scrivere a Rachele: «Tuo padre è un villano, tuo padre non ha cuore» e tirò via a narrare febbrilmente tutto il dialogo avuto col castellano, intercalato da continui *io dissi, egli rispose*. Ma dopo i primi periodi, fermandosi per riordinare il discorso nella sua memoria, si trovò nel falso in quella parte di denigrare il padre presso la figlia. Gli parve di rimetterci della sua dignità, e preferì scrivere quanto gli stava più a cuore.

Ieri fummo troppo ottimisti. Non abbiamo voluto prevedere il male, ed il male è venuto, e ci trova impreparati. Tuo padre mi ha negata la promessa che imploravo, e mi ha chiusa la porta della tua casa. Sono profondamente offeso: ma se tuttavia potessi sperare in te, non sarei scoraggiato. Mi sentirei capace di provargli che l'ingegno è assai più della ricchezza. Ieri m'hai detto una parola terribile. M'hai detto che non potresti resistere a tuo padre. Dunque gli obbedirai? Mi respingerai da te, per sposare qualche ricco, proprietario di fondi più o meno irrigatorii? Non ho il coraggio di pensarlo. Desidero, spero e domando che tu mi serbi la promessa d'esser mia, d'aspettarmi. È una domanda ardita, e sarebbe da parte tua una grave promessa. Pensaci. Amante e disperato come sono, non voglio tuttavia strappartela con un'illusione. Non verrà presto il giorno della felicità. Saranno degli anni che dovrai aspettarmi; io mi sento l'energia e la capacità di fare una bella carriera. Ma per presentarmi a tuo padre, dopo quanto m'ha detto, non basta che io abbia una bella rinomanza, e buoni guadagni. Debbo avere un capitale da mettere sull'altro piatto della bilancia, per far riscontro a quell'odiosa dote che ti darà; ed un capitale non si accumula facilmente. Forse passerà lungo tempo, prima ch'io possa reclamare l'adempimento della tua dolce promessa. Ed intanto saremo divisi, nessuno ti parlerà di me. Tuo padre ti presenterà altri pretendenti cari al suo cuore, e tu dovrai respingerli, lottare; e s'egli indovinerà la causa de' tuoi rifiuti, saranno scene di discordia che ti avveleneranno la vita. È molto, è troppo domandare tanto ad un povero cuore di donna; ed io stesso, che ti rivolgo quest'ultima preghiera in nome del mio amore, del nostro amore, non oso sperare che tu l'esaudisca. Ma se mai, se nel tuo cuore c'è forza bastante per questo sacrificio, metti una parola, un sì, nel volume dei *Promessi Sposi* che ti prestai e che la Matta ridomanderà per avere un pretesto di presentarsi in casa tua, dove io sarei discacciato. O Rachele! Se troverò quella parola scritta da te, ti benedirò dal fondo dell'anima; e mi darà tanta forza, tanto ardore, che mi sentirò padrone del mondo. Consacrerò tutte le ore, tutti i minuti della mia vita a lavorare per compensarti del tuo nobile sacrifizio, e quando sarò spossato, consacrerò ancora i miei riposi ad adorarti. Ma è troppo sperare. Non voglio illudermi. Tu sei donna e sei giovine. Tuo padre ti ama, e ti sei avvezza ad obbedirlo in tutto. È il tuo dovere, povera cara. Il libro verrà senza la gioia che aspetto. Ed io penserò che mi ami, che soffri, che piangi, ma che ti rassegni, e mi abbandoni al mio destino. Mi farai un gran male, cara; un gran male. Ma ti amo tanto, che ti perdonerò.

Quand'ebbe scritto, chiuse la lettera, e scese a cercare la Matta. La trovò in cucina accoccolata sullo scalino del focolare che si dondolava gemendo. La chiamò, e le disse, spiccando le parole perché potesse capirle: «Vai al castello. Di' che ti mando io a riprendere quel libro che ho prestato alla signorina». La Matta stava tutta imbronciata ed a capo chino, come se non volesse obbedire. «Hai capito?» domandò Giovanni. Ella si contorse tutta e borbottò: «Io non so». Ma Giovanni s'impazientì, ed insistette colla voce alterata: «Ho assolutamente bisogno che tu faccia quest'imbasciata. Ripeti come dico io». E tornò a dire: «Mi manda il signor Giovanni...». La Matta lo guardava fisso; lo vide pallido, agitato, tremante; allora, con tutta l'attenzione di cui era capace, imparò la lezione. Quand'ebbe detto, Giovanni riprese dandole una lettera: «Quando sarai entrata dalla signorina, e nessuno ti potrà vedere, le darai questa lettera; ma bada, che non veda nessuno». La Matta prese la lettera esitando, ed uscì lentamente e di mala voglia. «Sbrigati!» le gridò dietro Giovanni. «Per amor del cielo, sbrigati!». Ella accelerò un momento il passo; ma, appena ebbe svoltato la cantonata, si fermò, cavò di tasca la lettera, la osservò da tutte le parti, guardò la soprascritta; ma non seppe leggere che gli *o*. La ripose sospirando, e tirò via lentamente verso il castello.

Giovanni intanto fremeva; contava i minuti. Finalmente, non reggendo più alla sua impazienza, uscì incontro alla serva. La vide che tornava rasentando il fossato del castello, a passo lento, a capo chino. Appena s'accorse di lui, voltò indietro come se volesse sfuggirlo. Ma egli la raggiunse, e le tolse di mano il libro. «No, lo porto io» disse la Matta. Giovanni non diede retta. Ella stese la mano per pigliare il volume. Tremava, era turbata e diceva: «Vuol portarlo lei? Tocca a me di portarlo». Ma Giovanni la respinse e corse a casa, tenendo stretto il libro fra le mani. Appena fu in camera aperse la copertina tremando, e non ci trovò nulla; scosse nervosamente il volume, e non ne uscì nulla. Allora, pallido, ansimante, colle mani convulse, passò tutti i fogli ad uno ad uno. Ma non trovò nulla. «Ah, lo prevedevo!» sospirò. «L'ha detto che non avrebbe mai potuto resistere a suo padre». Poi soggiunse: «Anche lei! Ebbene vedrà...». Uscì, camminò frettoloso pel paese, entrò a congedarsi dai suoi protettori, coll'aria spavalda, parlando con agitazione febbrile del suo avvenire, della sua prossima fortuna. Aveva un'aria di sfida che quei signori trovavano strana. Gli rispondevano meravigliati: «Ma bene, bene, ragazzo. Se farai fortuna, meglio per te. Io te l'auguro». E poi quand'era uscito pensavano crollando il capo: «Con chi l'ha? Sembra che abbia bevuto». Giovanni tornò a casa col carrozzino che doveva condurlo a Borgomanero alla stazione della strada ferrata. Entrando nella sua camera per pigliare la valigia, sorprese la Matta che guardava ancora curiosamente il volume riportato dal castello. «Lascia stare!» le disse con dispetto. E strappandoglielo dalle mani, gettò la preziosa seconda edizione dei *Promessi Sposi* sull'ultimo palchetto in alto della libreria. Poi salutò in fretta suo padre, salì nel biroccino e partì. «Anche lei! Ebbene, vedrà!» aveva borbottato ancora Giovanni ripassando, nel calessino sgangherato, accanto al fossato del castello. O la Rachele s'era lasciata convincere dalle ragioni grossolane di suo padre, o aveva ceduto, anche non convinta, alla sua autorità. Ad ogni modo non aveva saputo amarlo coll'energia ch'egli sperava; aveva diffidato di lui. Questo gli metteva una grande amarezza nell'anima; ma non lo scoraggiava; lo spronava più che mai a lavorare, a conquistare un posto in società per poterle dire: «Vedi che hai avuto torto a dubitare di me!». Aveva creduto un momento d'aver bisogno d'una promessa di lei per sostenere il suo coraggio; ed ora invece la mancanza di quella promessa rinfocava il suo ardore, perché gli dava la paura di non giungere in tempo. Bisognava che s'affrettasse, che diventasse rinomato e ricco presto, subito, finché la Rachele era fanciulla, prima che un altro la sposasse. Quest'idea gli accendeva la febbre nel sangue. Egli confondeva il lungo avvenire col fuggevole presente, gli pareva di dover correre sempre, affrettarsi sempre, non perdere un minuto, come se incominciasse una gara alla corsa con un competitore immaginario. Il passo del ronzino malandato che lo trascinava trotterellando verso la stazione di Borgomanero lo faceva fremere d'impazienza. Quando fu nella carrozza di ferrovia trovò lenta la locomotiva come il ronzino, si dimenò sul sedile, alzò ed abbassò i vetri, cavò fuori l'orologio, poi l'orario, contò le stazioni, fece il controllo dei minuti, ed a Novara si lagnò con un impiegato, perché c'erano stati novantacinque secondi di ritardo. Quasi due minuti perduti pel suo avvenire.

I primi tempi del suo soggiorno a Milano furono come un secchio d'acqua su quell'ardore. Il signor Pedrotti, nel raccomandare quel povero figliolo all'avvocato Berti un mese prima, gli aveva scritto: «Badi che non ha altro, fuorché quello che potrà guadagnare nel suo studio; cerchi di procurargli un alloggio economico, e se è possibile, anche una pensione adatta a' suoi mezzi, da povero figliolo com'è». L'avvocato Berti gli aveva assegnate cinquanta lire al mese, e gli aveva trovata una camera presso un fabbricante di zoccoli e forme da scarpe, a due passi dal suo studio. Non era veramente una camera; anzi, due anni prima, faceva parte dei metri cubi di spazio che costituivano la bottega. Poi il fornaio aveva preso moglie, ed allora aveva fatto dividere per metà la bottega tagliandola orizzontalmente, e nel mezzanino superiore aveva posto il letto coniugale. Più tardi la moglie, che era sparagnina, aveva immaginato di rizzare un tramezzo nel mezzanino, e farne due. Così, da una sola bottega, avevano finito per cavar fuori una bottega e due stanze. La prima stanza, però, era una specie di atrio aperto, perché vi metteva capo, mediante un largo buco praticato nell'assito, la scala a chiocciola che poneva in comunicazione la bottega coi mezzanini. Ma questo non aveva impedito di collocarvi un letto contro la parete, una tavola greggia dall'altra parte, due seggiole, e di affittare quella stanza *mobiliata* per dodici lire al mese. La scarsità dei mobili però non lasciava il vuoto nella stanza. Le pareti ed il soffitto erano riccamente ornati da mazzi enormi di zoccoli e forme, che, riuniti pei talloni, si allargavano come i raggi d'una ruota, come le punte d'una bomba. Intorno all'arco della bottega, che serviva di finestra al mezzanino, lungo la scala, e tutt'intorno all'apertura che sbucava nella stanza, pendevano disuguali ed appuntati quegli innumerevoli piedi. Bisognava salire guardinghi, badar bene dove si arrivava col capo, e non portar mai il lume acceso. Era l'alloggio toccato a Giovanni; egli non era schifiltoso. «Poiché costa poco» aveva detto, «e per questo prezzo non si può aver di meglio...». E la moglie del fornaio, incoraggiata da quella facilità di contentatura, s'era arrischiata a dirgli: «Se poi volesse adattarsi anche a mangiare la minestra con noi...». «Ma ti pare!» l'aveva interrotta il marito. «Eh! Lascia, lo dico nel suo interesse, perché gli costerebbe poco; del resto se non gli conviene...» Ed a Giovanni era convenuto, a trenta centesimi al giorno, compreso un sorso di vino. Ma alla bella prima aveva dovuto convincersi, che, pel suo stomaco di vent'anni, quella non poteva essere che la colazione; ed ancora, lasciandogli un florido appetito pel pasto seguente. Pel desinare aveva quindi dovuto pensare a trovarsi una pensione, dove pagava trenta lire al mese.

Così furono collocate le cinquanta lire del suo stipendio, più una. Quell'una e le spese di lume, lavatura, stiratura, vestiti, scarpe e tutto il resto, bisognò che il giovine avvocato s'industriasse a guadagnarsele. Dallo stesso avvocato Berti poté avere l'incarico di copiare atti legali, di riordinare e di mettere in netto dei vecchi minutari, e tratto tratto di tradurre qualche brano d'un trattato inglese o tedesco. A questo modo Giovanni riuscì a sbarcare alla peggio il suo magro lunario. Ma il Berti lo occupava nello studio tutte le ore del giorno, e non gli rimanevano, per quei lavori e guadagni supplementari, che le prime ore del mattino, e la sera. Per poco che dormisse, nelle ventiquattro ore della giornata non ce n'era una di troppo per lui. Quel mezzanino non aveva camino né stufa. L'assito mal connesso lasciava entrare l'aria fredda della bottega, dov'era un continuo aprire l'uscio, e dove le mura stillavano umidità. Il fornaio diceva che era meglio così, perché non c'era pericolo che la sua mercanzia di legno secco prendesse fuoco. Ma questa considerazione non impediva a Giovanni di sentirsi le membra irrigidite e le mani paralizzate dal gelo nelle lunghe sere d'inverno, che passava solitario a scrivere al lume d'una lucernetta a petrolio. Ed anche questa era causa di continui rabbuffi da parte del fornaio. Appena la sua grossa testa, ricciuta in giro e calva nel mezzo come quella d'un san Giuseppe, spuntava dal suolo, alzandosi a misura che saliva la scala, si cominciavano a sentire delle ispirazioni rumorose, come di chi cerca di riconoscere un odore; poi una serie di «Uhm! Uhm!» gli contraeva le grosse labbra, e finalmente, mentre il passo pesante dell'omaccione faceva tremare la stanza, lo s'udiva borbottare: «Questo maledetto petrolio! Con tanto legno intorno! Ma! Ma!». Giovanni tirava via a scrivere. Ma le recriminazioni proseguivano dall'altra parte del tavolato fra i due coniugi, che in causa di quel tenue tramezzo, non aveva segreti pel loro inquilino. Del resto non erano cattiva gente; ed il giovine avvocato, che badava alla sua meta, li lasciava dire. Sovente nel dicembre, quando il freddo era più intenso, l'udire quei due, che si voltolavano tepidamente nel loro letto di foglie di grano turco, evocando quelle immagini ardenti di fuoco e d'incendio, gli dava una tale smania, che avrebbe voluto erigere una pira di forme, di zoccoli e di trucioli, e sgranchirsi deliziosamente alla vampa. Ma poi pensava a Rachele, e diceva: «Un giorno saprà quanto ho sofferto per lei». E ci metteva dell'orgoglio a sfidare quei patimenti, ed a sentirsi eroico. Nel segreto della sua stanza trovava modo di gloriarsi così della sua povertà. Ma fuori ne era sovente umiliato. Fin dai primi tempi della sua entrata nello studio, gli altri praticanti gli avevano detto ch'era l'uso fra loro di festeggiare con un pranzo la venuta di un nuovo compagno, il quale poi, dal canto suo, ricambiava con un pranzo la cortesia ricevuta. Giovanni aveva lasciato cadere il discorso. Ma l'anziano dello studio, che conosceva le circostanze d'un esordiente povero, aveva soggiunto per incoraggiarlo: «Non sono banchetti da Lucullo, sa? Si desina a cinque lire a testa». Ma erano quattro; e venti lire erano ancora una somma esorbitante per Giovanni. Per qualche tempo non se n'era riparlato, ed egli pensava, tra contento e mortificato: «L'avranno capita». L'avevano capita infatti, e dopo tre settimane l'anziano disse a Giovanni a nome di tutti, e presenti tutti: «Sa? Abbiamo combinato di pregarla di venire a desinare con noi alla Magnetta, per festeggiare il suo ingresso nello studio. È il solito pranzo... se vuol favorirci...». Giovanni rimase male, e si fece tutto rosso. Sentiva che avrebbe dovuto rispondere che ringraziava, e sperava che il tal giorno, prossimo, avrebbero favorito tutti loro a pranzo con lui... Ma pensava a' suoi pochi quattrini, al nessun credito, e l'impossibilità gli strozzava le parole in gola. Allora l'anziano, che era uomo di buon cuore, soggiunse: «Non importa che lei ce lo renda, sa! Senza complimenti...». Era una ceffata, e Giovanni se ne sentì tutto indolorito. Quella sera la sua povertà gli fu grave di molto; avrebbe dato dei pugni contro il cielo. Entrando nella bottega i trucioli che scricchiolavano sotto i suoi passi lo impazientirono; li cacciò di qua e di là coi piedi, borbottando, e s'avviò su per la scala, senza badare ai pendagli di zoccoli e forme che sporgevano da tutte le parti. Al primo mazzo di forme che gli urtò un fianco, lo respinse con mal garbo. «Badi!» gridò il fornaio dalla bottega. Ma Giovanni aveva esaurita la sua misura di pazienza; crollò dispettosamente le spalle e riprese a salire in furia, spingendo gli ingombri a destra ed a manca. Nell'arrivare in cima, urtò col capo in un mazzo enorme di zoccoli, che uscì dall'uncino, e cadde rotolando, percotendo, rimbalzando con un fracasso di cocci e di ghiaia. Il fornaio e la moglie balzarono in piedi urlando tutti e due, e per tutta la sera, dalla bottega, coi rumori della pialla e della sega, salirono al mezzanino le recriminazioni dei due coniugi scandolezzati. Più tardi Giovanni, che, incapace di lavorare, s'era cacciato in letto a ruminare la sua vergogna, li vide traversare la sua stanza portando con aria funebre il mazzo di zoccoli caduto, come un ferito che la loro pietà fosse costretta a ricoverare altrove, per metterlo al sicuro contro gli attentati di quel nemico violento, a cui lanciavano occhiate sdegnose.

Dopo d'allora la vita del giovine avvocato si fece anche più penosa. In casa nessuno gli rivolgeva più la parola. Mangiava la colazione in silenzio, mentre la zoccolaia si agitava per la bottega sfaccendando e scopando, ed il marito le diceva tratto tratto con ironia: «Bada a non spingere i trucioli fra i piedi al signore. Aspetta a scopare che non lo impolveri». E la sera, quando Giovanni saliva in camera, il grosso operaio lo precedeva lungo la scala colle braccia stese per allontanare gli zoccoli e le forme, facendogli come un derisorio arco di trionfo. Allo studio poi, era sempre imbarazzato per quel pranzo che non aveva ricambiato. Era un'ombra che si frapponeva tra lui e gli altri praticanti, ed impediva la confidenza. C'era una serie di discorsi che evitava per non richiamare quell'idea che lo faceva arrossire. Non parlava di locande, né di pranzi, né d'inviti, e, se un altro domandava ad un compagno: «Vuoi che oggi pranziamo insieme?», gli pareva un'allusione ironica e si sentiva rodere. Un giorno s'accorse che i praticanti avevano un pranzo in comune pel natalizio d'uno di loro, e ne parlavano piano per non essere uditi da lui. Questa delicatezza lo ferì come un insulto. Si propose di ricambiare ad ogni costo il banchetto ricevuto. Soppresse il vino nel suo pranzo d'ogni giorno, vegliò più tardi al lavoro, e, dopo due mesi, si trovò in caso di fare il grande invito, con venticinque lire raggranellate e lesinate a soldo a soldo. Aveva calcolato che non ci voleva di meno per la mancia al cameriere, il caffè, i sigari, e le spese impreviste. Erano venticinque goccie del suo sangue. Ma quando uscì dalla locanda seguito dai tre praticanti, colla testa un po' grave per un bicchiere di cattivo vino di più, e la borsa leggera per quelle venticinque lire di meno, gli parve d'avere ottenuta una riabilitazione, e pensò rivolgendo la mente a Rachele: «Voglio poterle dire che, anche nei giorni più difficili, non mi sono lasciato avvilire». E l'approvazione di lei, che sentiva d'aver meritata, lo compensò delle privazioni sofferte, assai più che la vanità d'aver ricambiato l'invito.

C'erano delle epoche in cui la sua povertà gli riesciva penosa di molto. Una era il carnevale, e specialmente la fine, l'ultima settimana. Tutto il giorno, fra i suoi compagni di studio, era un continuo ciarlare di serate godute e da godere; un discorrere sconclusionato, a sbalzi, con delle allusioni che Giovanni capiva alla sua maniera e che lo eccitavano: «Quale preferivi ieri sera? La bionda? Non sei di cattivo gusto. Che carnagione! E che abbigliatura! Quella ne spende de' quattrini! Brrr!». Giovanni si metteva a scrivere in fretta, faceva scricchiolare la penna per assordarsi; ma quelle parole s'insinuavano tra le frasi legali che andava stendendo sulla carta, gli empivano la fantasia di visioni, di desideri, di curiosità acute. Era impaziente d'uscire di là per distrarsi da quelle idee; ma quando ne usciva era peggio: le strade erano affollate di gente rumorosa, allegra, ben pasciuta; pareva che la città fosse piena di denaro; i più umili operai ne spendevano e si davano bel tempo. C'era un formicolio di piccoli industriali e commercianti vagabondi, che andavano vendendo stampe, caricature, *bosinate*, fiori di carta, coccarde, medaglie, e decorazioni burlesche del Carnevalone; a Giovanni però non offrivano la loro mercanzia; lo guardavano con un ghigno ironico, come se dicessero: «Costui è a secco». I negozi di comestibili avevano delle mostre tentatrici; le oche grasse, i polli grossi e bianchi protendevano i loro ventri enormi accanto alle aragoste melanconiche, che movevano tratto tratto una zampa colla languidezza della loro vita agonizzante. I salami prendevano in quei giorni delle proporzioni esagerate, ed i formaggi preziosi, i tartufi, i pesci rari, i vini squisiti ingombravano le vetrine, attestando il grande assegnamento che i negozianti potevano fare sulla ghiottoneria e sulla prodigalità della gente. Presso ogni osteria, presso ogni caffè in certe ore si udiva un formidabile acciottolare di piatti, un acuto tintinnìo di bicchieri, di posate, e dalle cucine sotterranee salivano delle vampate d'aria calda ed odorosa, che evocava subitaneamente nella fantasia di Giovanni l'immagine d'una bella stanza da pranzo riscaldata, d'una tavola ben imbandita ed inondata di luce con tutte le imposte chiuse, dove si potesse isolarsi dal resto del mondo, nella beatitudine d'un buon pranzo e d'una compagnia allegra e spensierata.

Quei giorni il suo desinare gli sembrava stomachevole; lo mangiava dispettosamente, tribolato dai pensieri ghiotti, e la sera non poteva lavorare; aveva l'animo amareggiato; non c'era più proporzione fra quanto guadagnava col suo lavoro, e quanto avrebbe dovuto spendere per appagare i suoi desideri; ed il lavoro gli pareva inutile. Usciva, si confondeva colla folla, si fermava alla porta dei teatri, dove la gente faceva coda per entrare. Tutte quelle persone, centinaia, migliaia di persone, avevano oltre al denaro necessario per vivere, anche quello superfluo per divertirsi. Lui solo non ne aveva; e s'aggirava, vestito leggermente, colle membra assiderate, al freddo, nella nebbia, pensando con avidità l'atmosfera ardente e soffocata dei teatri. Vedeva le maschere che correvano trepidanti dalle carrozze da nolo all'ingresso della Scala, e sparivano. Erano corpi di donne ravvolti in bianchi mantelli imbottiti, che li facevano apparire enormi; e gambe rosee, cilestrine, scarlatte, terminate da stivaletti di seta, portavano quella massa sproporzionata con certi passi precipitati, impazienti quando la folla ritardava d'un minuto il loro ingresso al veglione, frementi di precipitarsi in quel vortice di danze, di salti, di follie. Vedeva le signore scendere dalle carrozze padronali in gran toletta, coi lunghi strascichi di raso e di velluto per andar a vedere decorosamente il veglione dal loro palchetto; passavano altere lasciandosi dietro un profumo acuto. Gli uomini che le accompagnavano avevano il soprabito chiuso fino al mento, e lungo che copriva tutta la persona. Ma i guanti grigioperla che sporgevano dalle maniche ed il cappello a molla, facevano indovinare l'abito nero, la cravatta bianca, il largo sparato, il costume da serata. Giovanni se li figurava come se li vedesse in teatro già usciti dalla loro crisalide, quei grandi farfalloni neri; se li figurava belli e gaudenti, ed una malinconia profonda gl'inondava il cuore. Si stringeva intorno il suo soprabito insufficiente contro il gelo, e tremando, battendo i denti, s'affrettava verso un piccolo caffè, dove beveva un ponce per riscaldarsi, si sgranchiva un momento in quell'atmosfera calda ma impregnata d'odori d'alcool e di dolciumi, densa di fumo, opprimente, poi andava a letto per non vedere i godimenti che gli erano negati. Ma nella bassa soffitta gli giungevano ancora le grida stonate delle maschere, il rotare lento delle carrozze, assordato dalla neve come da un tappeto, o stridente sul lastrico diacciato. Il carnovale lo perseguitava anche nel letto; tutto raggricchiato per riscaldarsi sotto le scarse coperte, col capo di sotto per fuggire i fili d'aria pungenti che filtravano dai serramenti, pensava i piaceri della vita, facendoli coll'ardore dell'immaginazione più belli del vero. Si figurava i palazzi delle *Mille ed una notte*, splendori di luce non mai visti, bellezze di donne ideali, nudità improbabili, sfarzo regale di stoffe e di gemme, ed ebbrezze d'amore. Poi, quand'era prostrato dalle lotte interne, dalle lunghe brame insoddisfatte, venivano i giorni pazzi, in cui, fin dal mattino, i carri delle maschere percorrevano le contrade a suon di banda, e le botteghe erano chiuse, e le insegne coperte da una tela bianca per proteggerle dai coriandoli. Nessuno lavorava più. Nelle strade, sui balconi, tutti gridavano. Si spandevano coriandoli da ogni parte, se ne vuotavano dei sacchi, se ne sprecavano centinaia di quintali, allegramente, ridendo, come se non costassero nulla; si gettavano fiori, arance, confetti, con una smania di buttarli via, col gusto, la rabbia dello sperpero. Pareva che tutta la popolazione, soprafatta da una ricchezza improvvisa ed esuberante, s'affrettasse a cacciar fuori dalle case quella sovrabbondanza d'averi che le ingombrava, e gioisse, tripudiasse nel levarsi d'attorno il peso di quelle superiorità eccessive. Le bande suonavano inni di gioia, tutte le voci s'alzavano in un immenso grido assordante; signori e facchini, uomini e donne, tutti giubilavano, danzavano sulle piazze, ardevano roghi, si mascheravano, gestivano pazzamente; tutti invasi da una follia gioconda. E Giovanni si sentiva solo a non aver la sua parte in quella festa dell'abbondanza e dell'allegria, solo ad aver freddo e fame; e ne provava una rabbia, un rammarico così intenso, che in mezzo a quella grande pazzia di giubilo gli pareva d'impazzir di dolore. Un'altra epoca di tortura per lui era l'estate, l'opprimente estate di Milano. Nato e cresciuto in campagna, avvezzo all'aria pura, alle colline verdi, alle gite solitarie sotto l'ombra dei grandi alberi, appena veniva la primavera sentiva la nostalgia della campagna; ed a misura che l'estate progrediva, quel desiderio d'aria pura si faceva acuto come uno spasimo.

Tutti se ne andavano ai bagni, alle acque, in montagna, in Brianza, sui laghi; nelle contrade di Milano Giovanni non incontrava che gente laboriosa e stanca come lui; uomini d'affari, commercianti che avevano la famiglia in villa e la raggiungevano la domenica, impiegati che aspettavano il loro mese di congedo per fare una breve villeggiatura. Lui solo non aveva nessuno da raggiungere nei giorni festivi, non aspettava nessun congedo, doveva lavorar sempre, lavorare ogni giorno per vivere ogni giorno. La sua soffitta diveniva inabitabile; c'erano dei giorni in cui il caldo saliva a trentotto fin a quaranta gradi; allora c'era un'afa pesante che toglieva il respiro: mentre scriveva, il sudore dalla fronte, dalle tempia, gli sgocciolava sulla carta; le carni gli bruciavano; aveva sempre sete, ed ingollava con disgusto bicchieri e bicchieri d'acqua tepida, indigesta, che lo metteva tutto in sudore, e lo prostrava. La sera faceva delle lunghe passeggiate in cerca d'aria; ma sulle strade maestre, arse tutto il giorno dal sole, i piedi gli affondavano fino alla caviglia nella polvere, e ne sollevavano un tal nuvolo intorno, che gli andava in gola, lo soffocava, e lo imbiancava tutto. Lungo la strada di circonvallazione ed i bastioni, non faceva che percorrere tutta la scala degli odori puzzolenti. Al puzzo stomachevole d'una conceria, succedeva l'odore agrodolce, nauseabondo d'una tintoria che faceva il solletico in gola; più innanzi una filanda appestava l'aria col fetore dei bozzoli macerati, e gli orti spandevano intorno le esalazioni malsane del guano e dei letami. Tutto quanto era suscettibile di guastarsi sotto quei calori tropicali mandava un odore di putrefazione. Le botteghe dei salumai, i macelli, le latterie, i depositi di formaggi, le latrine, gli orinatoi, i rigagnoli, il naviglio, le spazzature delle case, tutto puzzava, tutto contribuiva a corrompere l'aria con un lezzo di fracidume, di suciderìa, che sollevava lo stomaco. I pochi signori che si trovavano in città andavano in giro colla cravatta sciolta, col cappello in mano, servendosene come di un ventaglio; alcuni smettevano persino il solino. Gli operai erano scamiciati, colle maniche rimboccate e lo sparato aperto sul petto peloso; i portinai uscivano la sera sulle porte in mutande, coi piedi nudi nelle ciabatte. La domenica poi tutti uscivano dai dazi, andavano ad ammucchiarsi nelle osterie suburbane sotto i piccoli pergolati piantati in un cortile arido, che danno una languida illusione di campagna; mangiavano male, bevevano peggio, mal serviti, accaldati, impolverati; poi s'affollavano, s'ammonticchiavano negli omnibus per tornare in città, sbuffando, sudando l'uno sull'altro, asfissiandosi a vicenda colle esalazioni acri delle traspirazioni, delle digestioni difficili, delle ubbriachezze. Giovanni aveva provato una volta sola quella scampagnata degli Ambrosiani, e ne aveva avuto la febbre. Stanco, snervato, si trovava più infelice che mai in quell'ambiente al quale i suoi polmoni da campagnuolo non potevano avvezzarsi. Aveva delle visioni tormentose di grandi estensioni verdi, di acqua limpida, di alberi, di ombre, di meriggi ardenti nell'alto silenzio e nell'aria pura dei monti. Sognava una casetta bianca, colle gelosie verdi, in una vasta campagna solitaria; ci pensava con un ardore da innamorato. E quando incontrava una carrozza con un baule legato a cassetta che s'avviava verso la stazione, verso i campi, verso le frescure verdi, verso l'aria fine, provava una smania ardente d'attaccarsi dietro come un monello, poi rimaneva più triste, più scoraggiato, e malediva il destino che lo inchiodava inerte e miserabile, in una città dove aveva creduto di trovare la fortuna, la gloria e tutte le dolcezze della vita.

La prima volta che il Berti gli affidò una causa, Giovanni si credé giunto alla meta desiderata. Era una causa civile fra due piccoli proprietari per un muro limitrofo. Una lite di puntigliuzzi puerili che non presentava nessun interesse. Ma egli ci si pose dentro con tutta l'anima; studiò le origini dei due possidenti e delle rispettive possessioni, risalendo alle memorie più remote. Fece uno spreco enorme di zelo, scrisse dei fascicoli di appunti, studiò la questione con un'acutezza di vedute, che sarebbe proprio il caso di chiamare degna di miglior causa. La sera, invece di sgobbare sui soliti lavori di traduzione o di copiatura, riandava tutto quello studio fatto e rifatto. Si preparava in mente il discorso che voleva pronunciare all'udienza, lo allargava, lo particolareggiava. Poi voleva udirne il suono, voleva provare i gesti. E si rizzava in piedi, serio senza troppa solennità, salutava in giro l'assito del mezzanino, e cominciava ad arringare semplicemente e con calma gli zoccoli e le forme che gli pendevano intorno. A grado a grado si animava, gli pareva di vedere, tramezzo a quei piedi grotteschi di legno, comparire la faccia bianca di Rachele che gli sorrideva per incoraggiarlo, e la parola gli veniva spontanea ed elegante coll'illusione d'essere ascoltato da lei, e si riscaldava, ed alzava la voce, finché lo zoccolaio spaurito sporgeva il capo ornato del beretto da notte per vedere se prendeva fuoco la casa. Quando si metteva a letto, stanco ed esaltato, sentiva in sé l'anima d'un legale illustre e s'inebbriava colla visione d'una vittoria che doveva stabilire la sua riputazione; pensava all'impressione che quella splendida riescita doveva produrre a Fontanetto. Gli pareva di vedere i mecenati inchinarsi a lui, il Pedrotti stendergli le braccia in atto di scusa, e tutte le comari e comarette del paese uscire sulle botteghe e sugli usci, e gridarsi l'una all'altra: «Eh! Il figlio del Dottorino? L'avvocato Mazza? Che gloria! ed ora sposa la figlia del signor Pedrotti del Castello!». Allora il suo spirito si smarriva nei sogni d'amore; saliva in un vagone solo con Rachele pel viaggio di nozze e chiudeva la sportello. Infatti, quando la causa fu discussa, Giovanni parlò come avrebbe potuto fare un avvocato provetto. Un collega, che per caso si trovava presente, andò a stringergli la mano, ed il suo cliente lo pagò generosamente. Ma fuori dall'aula del tribunale, nessuno s'interessò alle vicende di quel muro limitrofo, i giornali, naturalmente, non ne fecero parola, e, tre giorni dopo, quel grande avvenimento della vita di Giovanni era completamente passato, senza lasciare nessuna traccia, senza produrre altri cambiamenti nell'esistenza del giovine praticante, fuorché un po' più di quattrini nella borsa. Alla prima egli non poteva persuadersene. Quando rientrava nella bottega del fornaio, e dava la buona sera a quell'uomo scamiciato, sentiva di fare una degnazione, e pensava: «Se sapesse chi sono!». Il mattino, quando mangiava la minestra in un angolo della bottega presso il camino, si ricordava un vecchio piatto di terraglia che una contadina della Bicocca mostrava a tutti dicendo: «Vede? Qui dentro ha mangiato due ova Carlo Alberto. Mangiava come noi, tal quale. E dopo ho saputo che era il Re. Madonna santa!».

Ma i giorni ed i mesi si succedevano; passò più d'un anno; ed i formai non erano ancora nel caso di meravigliarsi che Giovanni mangiasse come loro. Anzi la donna gli faceva sentire, senza punta riverenza, che mangiava un po' più di loro. Intanto, a misura che andava innanzi estendeva il circolo delle sue relazioni; gli erano toccate altre cause di poca importanza, ed era entrato in rapporti cordiali con due o tre clienti. I suoi compagni di studio avevano assistito alle sue arringhe, si erano mostrati entusiasti del suo ingegno e s'erano offerti di presentarlo al signor Tale, al cavalier Talaltro, persone influenti... Giovanni aveva accettate con premura le loro offerte. Ma quante noie, quanti sopracapi gli costavano quelle visite! Doveva provvedersi di guanti, di cravatte; doveva avere un cappello lucido, ed una camicia fine e ben insaldata; più volte dovette rinnovare le scarpe, che, senza quel caso, avrebbero potuto durare un altro mese. Per una visita ad un Commendatore fu ridotto a farsi prestare una pezzuola dalla zoccolaia, perché le sue erano tutte rammendate. Ma era nuova, un po' grossa; gli faceva una sporgenza nell'abito come se avesse avuto un panino in tasca; e quando ebbe bisogno di servirsene, si distese in pieghe ed angoli rigidi come di carta, e scricchiolò tal quale.E, dopo tante seccature, i risultati di quelle presentazioni ufficiose si riducevano quasi sempre a nulla. Il personaggio a cui un amico zelante lo presentava enumerando le sue qualità, il grado accademico, l'ingegno, la facondia, la sventura immeritata, ecc., ecc., rispondeva: «Ma bravo, bravo! Mi fa tanto piacere...». «Se mai potesse giovargli colla sua influenza...» suggeriva l'amico. A questo appello diretto, la potenza più o meno autentica lasciava cadere dall'alto una promessa più o meno vaga: «Ma senza dubbio! Ci conti. La terrò presente...». E Giovanni non ne sentiva più parlare, se non dall'amico che lo aveva presentato, per ricordargli che era in dovere di fare una visita in quella casa dove lo avevano accolto tanto bene. Nei casi eccezionalmente fortunati lo consultavano circa una vecchia lite, gli affidavano una causa di poco momento o un incarico ingrato. Egli ci si adoprava con zelo. Lo pagavano un po' meno di quanto avrebbero dovuto, in causa dell'amico, della presentazione, ecc., ecc., e tutto finiva lì. Allora si sentiva oppresso dallo scoraggiamento. Al poco che aveva occasione di poter fare metteva tanto studio, tanto impegno, che non poteva a meno di tenerne gran conto. Sapeva d'aver fatto tutto quello di cui era capace, e diceva: «Se con tanto lavoro non m'è riescito di farmi una rinomanza, è finita: vuol dire che non ci riescirò mai». Ed allora percorreva col pensiero una lunga esistenza di sacrifici e di fatiche ignorate per mantenersi in una mediocrità punto dorata; pensava a Rachele, che, non udendo più parlare di lui, avrebbe finito per sposare un altro; e se la vedeva passare dinanzi in tutto lo splendore d'una sposa ricca, mentre egli continuava a logorarsi la vita, unicamente per mangiar pane. In un giorno di sgomento pensò: «Le donne sono onnipotenti. Se mi facessi aiutare da qualcuna?». E si fece presentare alla signora di un grande imprenditore di strade ferrate. Era una donna di spirito indipendente, che aveva fatto a meno delle cerimonie ecclesiastiche e legali nella sua unione col ricco banchiere, e nelle precedenti. Giovanni era giovine e bello, e trovò grazia agli occhi della signora. Essa gli promise la clientela del banchiere, uomo prodigiosamente litigioso, che non badava a spendere, pur d'avere un buon avvocato, ed avrebbe certo data la preferenza ad uno raccomandato da lei. Ma era necessario che Giovanni frequentasse la casa, che l'imprenditore s'avvezzasse a lui, imparasse a conoscerlo, e poi... e poi... Mille promesse, di cui la bella donna mantenne soltanto quelle che avevano fatto i suoi occhi neri, e che dipendevano esclusivamente da lei. Ma in capo ad otto giorni Giovanni ne fu tanto disgustato che pensò di non rimettere più i piedi nella sua casa.

Quella breve relazione non portò la menoma alterazione nei sentimenti del giovine avvocato per Rachele. Anzi, alla prima se la figurò piangente, desolata, e nella compunzione dell'anima pentita, sentì di amarla anche più, per tutto quel dolore che le aveva dato. Quand'era solo si metteva realmente in ginocchio dinanzi all'immagine che evocava della giovinetta, e le domandava perdono, e si sfogava in proteste, in giuramenti, in lacrime amare. Dopo quel disinganno ebbe un lungo periodo di abbattimento. Non si commoveva più quando gli affidavano una causa. Le sue illusioni erano sfrondate, e sapeva che, con quelle piccole liti, non c'era per lui da cavare un ragno dal buco. Tuttavia glie ne capitavano abbastanza di frequente, ed a poco a poco perdette l'abitudine delle scarpe logore, degli abiti spelati, e lasciò il mezzanino del fornaio. Ma, insieme alla miseria, era passata anche l'illusione della futura grandezza, ed era venuta la prosaica e triste mediocrità. Ho sbagliato carriera, pensava. Coll'avvocatura non si arricchisce. E si sentiva avvilito, al pensiero che dopo tre anni non era ancora in grado di presentarsi al castellano di Fontanetto, senza farlo sorridere di compassione a' suoi famosi guadagni di trecento lire al mese o giù di lì. Gli venne la curiosa idea di tornare alle grandi economie che aveva abbandonate, per metter da parte una somma ed arrischiare poi delle operazioni alla Borsa. Sapeva di patrimoni colossali che erano stati iniziati a quel modo, e diceva: «Chissà?». S'era fatto ingegnoso, durante i suoi anni difficili, nell'arte di vivere con meno denaro possibile. Ed infervorato nel pensiero di fare quell'ultimo sforzo per arrivare a Rachele prima che gli fosse tolta, non gli riescì grave d'abbandonare la sua nuova vita relativamente agiata; lo fece con entusiasmo, godendo in sé delle privazioni che s'imponeva, e per ogni scudo che aggiungeva a' suoi risparmi, giubilava come un avaro. Dopo un anno stava per avere mille e cinquecento lire, quando ricevette una lettera da suo padre che gli scriveva: «Sono pieno di debiti e di malanni; e, dacché non sono più in grado di dire le barzellette per tenerli allegri, i signori non mi danno più da pranzo. Non ho gran fede nella generosità umana e tanto meno nella voce del sangue. Ma spero che, per non tollerare che tuo padre vada mendicando, il che ti farebbe torto, penserai a provvedermi il necessario per questi ultimi anni. Non sono mai stato un padre tenero, ma è certo che fino a dodici anni, o bene o male, t'ho dato da vivere. Ed è ben difficile ch'io ti resti altrettanto tempo sulle spalle...». Giovanni tremava tutto nel leggere quella lettera. Gli pareva di sentirsi trascinare in un abisso. S'era creato un lieve sostegno, ed ora gli mancava sotto i piedi, ed acquistava la certezza che gli mancherebbe sempre. Omai quanto guadagnava era appena sufficente per lui e pel padre. Privandosi della somma raccolta, non poteva sperare di raggranellarla di nuovo. Tuttavia non gli venne neppure un momento l'idea di sottrarsi a quel dovere. Era un pezzo che non piangeva; e pianse disperatamente su quella lettera. Suo padre aveva mangiato e bevuto e s'era divertito, mentre lui si struggeva in quel lavoro da formica, per arrivare alla fanciulla che amava. Ed ora quel padre aveva il diritto di prendere il frutto de' suoi sudori e dei suoi sacrifici, e di dirgli: «Rinuncia alle tue speranze spontaneamente, o ti ci faccio rinunciare svergognandoti collo spettacolo della mia indigenza». Il suo cuore si ribellava a quell'ingiustizia, fremeva sotto la pressione di quel dovere gravoso, e, quando chiuse il denaro in una lettera raccomandata, non provò la soddisfazione di chi sente di far del bene, non si commosse della sorte miseranda del Dottorino, ma sentì un gran vuoto nel cuore, un grande sgomento dell'avvenire, un rammarico inenarrabile per la speranza che perdeva; e calcando con ira il quinto soggello sulla cera disciolta, mormorò: «Maledizione!».

Era infatti una maledizione, una iettatura, una fatalità che perseguitava lui come perseguita tanti altri e lo condannava a vivere ignorato col suo ingegno, la sua scienza e tutte le sue superiorità. Omai, stanco d'aver lottato quattro anni inutilmente, scoraggiato da quell'ultimo colpo, s'abbandonava alla sua sorte, non isperava più. Pensava a' suoi sogni di fortuna ed a Rachele come ad una gloriosa visione svanita. Scacciava con vero spavento il pensiero che avrebbe potuto incontrarla al braccio d'un altro, e desiderava non rivederla mai più. Sentiva che si sarebbe vergognato dinanzi a lei. Aveva mancato alle sue promesse audaci, era stato presuntuoso, e la cattiva riescita lo accusava d'essere stato un presuntuoso ignorante. In fondo aveva più che mai la convinzione del contrario. Ma non è dato a nessuno di salire sui tetti e gridare alle turbe: «Badate ch'io sono un grand'uomo. Lasciatemi fare questo e quest'altro, e ve lo proverò». Bisogna che le circostanze ci aiutino; noi non possiamo che profittarne. Ma le circostanze non erano state favorevoli al povero Giovanni. Un giorno l'avvocato Berti lo chiamò nel suo studio, e gli comunicò un processo pendente per omicidio. Un acquavitaio aveva ucciso in rissa un servitore. Era un assassinio volgare, non c'era da fare una brillante difesa, e l'avvocato illustre la affidava al giovine sostituto. Giovanni prese a studiare la causa con quell'interessamento da artista che metteva sempre nei suoi lavori. Ma non era possibile negare la responsabilità dell'accusato. Oltrecché risultava chiara dalle prime inchieste e deposizioni, l'accusato stesso la confessava. Egli era inoltre un uomo intrattabile. Quando Giovanni lo vide, ne fu impressionato penosamente. Stava seduto nell'angolo più buio del carcere, coi gomiti sulle ginocchia e le guancie duramente appoggiate sui pugni chiusi, che gli raggrinzavano gli zigomi, e li rialzavano a nascondere gli occhi. Aveva sessant'anni, ma pareva un vecchione; aveva la testa calva e la barba bianca. Il suo sguardo era duro; il viso imbronciato come d'un uomo collerico.La presenza del giovine avvocato parve seccarlo più che altro. Non si mosse affatto al vederlo, e quando Giovanni gli si presentò come suo difensore, si strinse nelle spalle, e rispose: «Ho ucciso quell'uomo, non nego nulla. Non c'è bisogno del difensore». Per quanto Giovanni lo interrogasse, non volle dir altro. Quel cinismo cupo parve anormale al giovine avvocato. Egli si rivolse al carceriere: «Cosa dice l'imputato del suo processo?» «Non dice nulla perché non parla mai». «Come impiega la giornata?» «Sta quasi sempre seduto a quel modo. Qualche volta legge, o scrive colla matita sul muro». Giovanni volle vedere il libro in cui leggeva. Era una bibbia sporca e sdrucita, che si apriva da sé alla pagina dove parla d'un ricco, il quale avendo cento pecore aveva rubata la pecora unica d'un povero. Sul muro trovò pure delle sentenze contro i ricchi, alcune prese da libri devoti o da canzoni popolari; altre, meno felici, di sua invenzione. Sopra un'imposta c'era scritto: «Nel cuore dei ricchi c'è un serpente». Alla testa del pagliericcio si leggeva: «Il diavolo mette i suoi demoni nella pelle bianca dei ricchi per tentare i poveri». «Se ti chiami nobile ed hai del denaro, godi a questo mondo la tua vita da ladro, perché in quell'altro sarai carbone da riscaldare i poveri». Poi c'erano i nomi famosi che la rivoluzione francese ha resi popolari anche fra noi: *Marat, Robespierre, Danton;* e sopra c'era scritto a grandi caratteri: «Evviva!». E sotto: «Gloria eterna!» Giovanni dopo quelle strane letture domandò all'imputato: «Siete socialista?». Egli non capì e non rispose. «Non vi piace come va il mondo» tornò a dire l'avvocato, «e vorreste cambiarlo?» Il vecchio prese con violenza la brocca dell'acqua che aveva accanto, e la capovolse furiosamente, senza curarsi dell'acqua che allagò il pavimento. «Vorreste capovolgerlo?» insisté Giovanni. «Eh!» sospirò il vecchio. Poi si strinse alto nelle spalle, e sospirò più forte: «Omai, a cosa servirebbe?». «Ma c'è un ricco che v'ha fatto qualche torto?» interrogò l'avvocato. L'imputato si rizzò sdegnato, quasi minaccioso, e gridò: «A me nessuno ha fatto torto, capisce? Sono povero, ma onorato. Ho ammazzato. Ebbene? Ma sul mio nome non c'è nulla da dire». Giovanni non ci raccapezzava nulla, perché l'uomo ucciso dall'acquavitaio era un povero servitore. Questi era entrato per bere nella bottega, ed il vecchio, al vederlo, senza precedenti di parole, gli si era avventato contro, urlando: «Ah, ladro, svergognato, servo dei ricchi, te la do io, ora, te la do!» E, con un coltellaccio che aveva afferrato sul banco, gli aveva squarciata la gola. C'erano cinque testimoni che s'erano trovati nella bottega, e narravano il fatto, che l'imputato non pensava affatto a smentire. Giovanni, preso alle strette, non poté scoprire nulla a favore dell'assassino. Ma domandò una perizia medica. L'idea fissa di quell'uomo era l'odio dei signori; poteva essere una mania, o un vecchio rancore. Nel primo caso, i medici gli avrebbero fatto giustizia; nel secondo l'avvocato avrebbe potuto arrivare ad indovinare il suo segreto, e forse a salvarlo. Intanto la perizia, che il tribunale accordò, dava tempo ad altre ricerche.

Giovanni non tardò a mettersi in campagna. Quell'uccisione, improvvisa e violenta, doveva essere premeditata; e, per essere premeditata, doveva avere una causa. La sola causa che confessava l'imputato era l'odio pei ricchi; aveva ucciso quell'uomo perché era il servitore d'un ricco. Ma bastarono poche informazioni presso i frequentatori del negozio, per provare che di servitori di ricchi ce ne bazzicavano parecchi, e che l'acquavitaio li trattava bruscamente, ma non ne aveva mai offeso né provocato nessuno. Era dunque quel dato servitore che odiava, e nella causa di quest'odio poteva stare la scusa, o, almeno, una forte attenuante pel colpevole. Questi però diceva che non conosceva affatto la sua vittima. Che non l'aveva mai veduta prima di quel giorno. Bisognava indagare il suo passato per risalire alla causa vera che l'aveva spinto al delitto. Ma quell'acquavitaio Galbusera aveva sloggiato tante volte in quegli ultimi anni che i casigliani dell'ultimo casamento che aveva abitato lo conoscevano da poco, e non sapevano dirne nulla. Giovanni risalì la catena di quegli sloggi, da Porta Romana andò a S. Celso. Là il suo cliente era stato sei mesi, ma la bottega l'aveva in fondo alla via Gozzadini, fin dal semestre prima, quando stava a Porta Romana. Finalmente, a forza di correre e bussare a tante porte, in una catapecchia a Porta Ticinese, dove l'acquavitaio aveva abitato molti anni prima, Giovanni seppe che in quel tempo il vecchio aveva una figlia. Avevano sloggiato improvvisamente senza aspettare la scadenza del San Michele; però non avevano lasciato debiti, e la pigione era stata pagata. Che cosa era avvenuto di quella figlia del vedovo? Giovanni andò al carcere e ne domandò a lui. «Mia figlia è morta» rispose l'imputato. «E lei, la prego di non immischiarsi altro ne' fatti miei». Il vecchio s'era fatto tutto rosso, ed aveva parlato con tanta eccitazione che Giovanni si convinse d'aver posto il dito sopra una piaga. L'uomo ucciso dal padre doveva essere il seduttore della figlia. Dalla perizia medica era risultato che l'acquavitaio possedeva le piene facoltà intellettuali. In capo a pochi giorni si dovevano riprendere i dibattimenti. Intanto i giornali, nell'annunciare che quel processo per assassinio era stato rimandato, perché il difensore dell'Ambrogio Galbusera aveva domandata la perizia medica, avevano riferite le ragioni addotte in appoggio a quella domanda, che erano le invettive furiose del Galbusera contro i signori e le sue frasi stravaganti scritte sul muro della prigione. E questo era bastato perché quel processo, che al principio non aveva inspirato nessun interesse, suscitasse alquanta curiosità. Questa curiosità crebbe enormemente, quando ad un tratto si seppe che nel seguito del processo si troverebbe implicato il principale rappresentante d'una grande famiglia milanese, notissimo, oltre che pel nome storico che portava, pel suo sfarzo, per le sue avventure galanti, pe' suoi scialosi capricci, che assai spesso fornivano materia alla cronaca cittadina. Come accade, nacque gara tra cronisti a dare le informazioni più particolareggiate sul clamoroso scandalo che si preparava; ed il nome del giovine avvocato Giovanni Mazza fu su tutte le bocche, insieme a quello del signore citato fra i testimoni a difesa. Si seppe che la scoperta delle cause segrete del misfatto era dovuta allo zelo ed all'acume finissimo dell'avvocato Mazza; e la fantasia popolare eccitata creò una leggenda su questo giovine che aveva rifatta e compiuta da solo l'istruttoria del processo, ed aveva vinta, a forza di coraggio e d'energia, l'influenza che potenti personaggi avevano tentato di esercitare, per impedire che la verità fosse chiarita.

Ecco, in sunto, la storia che i giornali narrarono e che i dibattimenti confermarono. Dodici anni prima del delitto, il Galbusera aveva bottega a Porta Ticinese, era vedovo con una figlia di quindici anni, che andava da una cucitrice ad imparare il mestiere. Il cocchiere Teodoro Donadio aveva cominciato a frequentare con assiduità la bottega dell'acquavitaio nelle ore della sera. Ben presto tutti s'erano accorti che faceva la corte alla giovinetta. Allora il Galbusera lo aveva preso a parte, e gli aveva detto che le donne della sua famiglia erano sempre state oneste, e che questa era la sua gloria. Se aveva intenzione di sposare sua figlia lo invitava a dichiararlo, ed a farsi conoscere; altrimenti egli non gli avrebbe permesso di comprometterla colle sue galanterie. Il Donadio aveva domandato tempo qualche giorno a rispondere, e poco dopo era tornato, accompagnato da un sigaraio della contrada, il quale era incaricato di domandare in nome suo la mano della Maddalena Galbusera. Il Donadio aveva soggiunto che egli serviva in una buona casa, che guadagnava a sufficenza per mantenere una famiglia e che certo il suo padrone non avrebbe avuto difficoltà a permettergli di prender moglie. Il Galbusera aveva incaricato il sigaraio, nel quale aveva fiducia, di presentarsi al marchese Trestelle, che era il padrone di Donadio, a prendere informazioni del cocchiere, ed a sentire se realmente non c'era pericolo che il matrimonio avesse a fargli perdere il posto. Il sigaraio non era stato ricevuto dal marchese Trestelle, ma dal suo segretario, il quale aveva preso nota dell'imbasciata, ed il giorno dopo aveva portato egli stesso la risposta del padrone: questi diceva ogni bene del Donadio, ed approvava il matrimonio. Le nozze erano state fissate pel San Michele, perché allora il Marchese sperava di poter dare due stanze agli sposi nelle soffitte d'una sua casa. Mancavano cinque mesi, ma non erano di troppo per cucire il modesto corredo. Del resto Maddalena era tanto giovine, che il padre aveva piacere di aspettare che avesse almeno compiti i sedici anni. Quando tutto era stato combinato, Donadio aveva cominciato ad andare ogni sera a prendere la sua sposa dalla cucitrice. Sovente la incontrava anche il mattino, e la accompagnava. Al negozio del futuro suocero si fermava più poco, ed aveva finito per non fermarvisi affatto, perché tanto vedeva Maddalena fuori, e preferiva di non far scene dinanzi agli avventori. Tornando dal magazzino la ragazza diceva: «Mi è venuto a prendere. M'ha accompagnata fin qui...». Una volta però, quando la relazione durava da circa quattro mesi, Donadio era stato quindici giorni senza farsi vedere; Maddalena era malinconica, ed il padre s'accorgeva che piangeva molto. Ci doveva essere qualche guaio fra gli sposi. Egli aveva interrogata la ragazza, che per un poco aveva negato la sua afflizione, ma presa alle strette, aveva finito per confessar tutto. Ed ecco la confessione di Maddalena. Fin dai primi giorni, Donadio, nell'accompagnarla a casa, aveva incontrato il suo padrone. Erano in via Arena. Non c'era nessuno, ed il Marchese s'era degnato di domandare al cocchiere se quella era la sua sposa, e di farle dei complimenti. Poi s'erano incontrati altre volte, ed in quelle circostanze il servitore si tirava da parte, e lasciava che il signore s'intrattenesse con lei. Il Marchese era più bello, più gentile, più raffinato del cocchiere. E la giovine cucitrice si era lasciata dire delle belle parole. Se n'erano veduti degli altri marchesi e conti sposare delle ragazzette; a quindici anni si crede tutto possibile. Dacché quel signore lo prometteva... Soltanto, in causa della sua alta condizione, egli non poteva farlo sapere fino all'ultimo momento; bisognava lasciar credere che lo sposo fosse il cocchiere... Intanto ogni mattina il padrone si trovava fuori di porta colla carrozza. Donadio conduceva Maddalena fin là, ella saliva accanto al Marchese e passava la giornata con lui. Un mese circa prima del San Michele, servo e padrone avevano cessato di farsi vedere. La ragazza era andata al magazzino dove la maestra la trattava con diffidenza in causa della sua poca assiduità, e le ragazze parlavano della sua relazione signorile, che avevano scoperta. Vedendo passare i giorni e le settimane senza che il Marchese si facesse più vivo, l'afflizione aveva sopraffatta la giovinetta, che s'era confidata alla maestra cucitrice, e questa le aveva detto che da quindici giorni il Marchese Trestelle aveva sposata la figlia di un ricco banchiere di Genova, e che, dopo il viaggio di nozze, sarebbe andato a stabilirsi a Genova presso la famiglia della sposa. Quanto al cocchiere Donadio, fosse o no col padrone, era scomparso da Milano. E Maddalena era incinta. Dopo questa confessione della figlia, il Galbusera aveva lasciata improvvisamente la casa di Porta Ticinese senza aspettare la scadenza, per nascondere la sua vergogna. La maestra cucitrice, alla quale Maddalena s'era confidata, l'aveva raccomandata ad una levatrice di Monza, dove la fanciulla avrebbe potuto rimanere sconosciuta. Due mesi dopo la giovinetta era morta di un parto immaturo. Galbusera aveva passati dieci anni a ruminare la sua collera, il suo dolore e la sua vergogna, schivando i vecchi conoscenti, mutando quartiere ogni volta che sospettava d'essere riconosciuto, tremando al pensiero d'incontrare Donadio o il suo padrone. Un giorno il Donadio era entrato nella sua bottega; ed egli lo aveva ucciso.

È impossibile descrivere la commozione prodotta in Milano dai dibattimenti di questo processo. E non solo in Milano, ma in tutta Italia se ne parlò. Era capitato in un momento in cui le cose politiche offrivano poco interesse, ed i giornali si gettarono affamati su quel dramma criminale. La passione di partito, come al solito, concorse ad infiammare gli spiriti. I fogli repubblicani e socialisti descrissero l'assassino come un eroe, e portarono a cielo persino le sentenze tracciate sul muro, ed i bigliettini sgrammaticati che scriveva Galbusera nel carcere. Mentre qualche giornale conservatore insinuò a mezza bocca che l'ingerenza attribuita al marchese Trestelle era una macchina montata per spillargli del denaro, e per diffamare la classe sociale a cui apparteneva. Il sapersi fatto segno all'attenzione generale, fu un colpo di sprone potentissimo per l'ingegno di Giovanni. Fino dalle prime udienze, nella discussione di alcuni incidenti, fu meravigliato egli stesso del calore della sua parola e del vigore dei suoi ragionamenti. L'udienza in cui comparve il marchese Trestelle — udienza i cui particolari furono la sera stessa telegrafati distesamente a tutti i giornali d'Italia — fu un trionfo per l'avvocato Mazza, tanta fu l'arte con cui riescì ad ottenere dal teste la confessione completa della verità, e tanto felici furono le apostrofi, ora sarcastiche, ora sdegnose, con cui umiliò l'albagia di quell'individuo, e gl'inflisse la condanna morale che la sua condotta si era meritata. La sua arringa, che coronò i dibattimenti, superò l'aspettativa dell'uditorio, ed è tuttora ricordata nel foro milanese come un modello d'eloquenza. Non fu una difesa legale; fu uno studio psicologico e sociale, nel quale le figure dell'imputato, della vittima, del seduttore e della giovinetta, furono ritratti come tipi impersonali, per modo che la discussione prese un carattere elevatissimo. Quella causa, la quale, alla prima, era sembrata nulla più che uno scandalo volgare, si trasformò grazie all'arringa del Mazza, e prese aspetti affatto nuovi. Si mutò in una grande tragedia, piena di profondi insegnamenti. Quando Giovanni si pose a sedere, affranto dalla fatica durata, il presidente non ebbe forza di frenare il clamore degli applausi e delle acclamazioni. Quanti erano nella sala, avvocati, letterati, magistrati, giornalisti, tutti unanimi pensarono: «Un grande ingegno s'è rivelato». Nessuna fortuna mancò in quell'occasione a Giovanni; il verdetto de' giurati non fu completamente negativo, ma, escludendo la premeditazione e ammettendo la «forza semi-irresistibile», ridusse leggera la pena. I giornalisti offersero un banchetto al nuovo criminalista illustre. I giovani legali ne organizzarono un secondo. Ed egli, in mezzo a quelle feste, ripensò sorridendo il lontano banchetto di cinque lire dei praticanti dello studio, che gli era costato tante umiliazioni e tanti sacrifici. E ripensò con un tripudio di gioia alle speranze che aveva credute morte. Le vide risorgere più belle, perché d'un tratto, da un giorno all'altro, aveva raggiunta quella rinomanza, che sembrava essergli sfuggita per sempre. Ormai la sua situazione era assicurata; l'avvenire gli si presentava glorioso, ed i denari non potevano mancar di venire. Ad ogni articolo di giornale che gli giungeva pieno d'encomi, pensava: «Lo leggerà Rachele; suo padre pure lo leggerà». E tornava colla fantasia a quel triste giorno d'autunno, in cui passando, sconsolato e respinto, lungo il fossato del castello, aveva esclamato: «Anche lei! Ebbene, vedrà!». Ecco; ora lo vedeva di che cosa era stato capace. «Ah! M'è costato caro, ma sono riuscito!»

diceva. Ed era glorioso della sua costanza, degli stenti sofferti. Era felice di sentirsi giovine e d'avere tanto avvenire dinanzi a sé. Dopo quel processo cominciò per Giovanni una vita nuova, tutta movimento, tutta azione, in cui le ventiquattro ore del giorno non bastavano ai suoi affari. I clienti si facevano sempre più numerosi. Un circolo politico lo nominò relatore per le elezioni. Fu invitato a collaborare in vari periodici legali, e scrisse articoli sopra un progetto di legge pendente, che furono commentati dai più accreditati giornali. Il suo ingegno, la sua dottrina, rimasti ignorati fin allora, si rivelarono potentemente, ed in breve tempo il suo nome acquistò grande notorietà e divenne popolare.

In cinque anni che aveva passati coll'avvocato Berti, non era mai stato presentato alla moglie del principale. L'aveva veduta parecchie volte entrare con un grande fruscio di seta nello studio del marito, lasciandosi dietro un'ondata di profumo alla violetta, che gli aveva data una grande idea della sua eleganza. Qualche volta lei lo aveva guardato traverso il velo di trina, ma non gli aveva mai rivolta la parola. Il giorno dopo il famoso processo dell'acquavitaio Galbusera, l'avvocato disse a Giovanni: «Mia moglie desidera conoscerti. Vieni domani a sera a prendere il tè da noi. Ti presenterò». Non c'era mai stata intimità fra loro. Il principale gli dava del tu come ad un subalterno, ad un giovinetto, non come ad un amico. Tuttavia Giovanni aveva acquistata bastante esperienza, per comprendere quel cambiamento improvviso; e sorrise di quell'uomo d'ingegno che, conoscendolo da cinque anni, aveva aspettato, ad apprezzarlo, che lo avessero apprezzato prima il pubblico ed i giornali. L'entrare in casa di quel superiore diretto, il presentarsi a quella matrona, alla quale egli attribuiva quasi il doppio della sua età, lo metteva in soggezione. Infatti la signora Berti aveva varcata di qualche anno la quarantina. Ma non aveva figli, era bella, prendeva una cura grandissima della sua persona, vestiva con eleganza, frequentava i teatri e le feste da ballo, scollata, colle braccia nude, coi fiori in capo: danzava, faceva le chiacchierine galanti coi giovinotti, amava che le facessero la corte, e lo lasciava comprendere. Giovanni aveva capito facilmente da' suoi modi leziosi, e dalle occhiate, e dal vestire, che quella signora aveva delle pretese giovanili; ed era impensierito del modo di mettere d'accordo quelle aspirazioni coll'età di lei, e colla qualità di moglie del suo principale; due cose che lo intimidivano. Quando entrò in casa Berti, l'avvocato lo accolse come un camerata; appena lo vide, gli andò incontro colle mani stese; poi gli prese il braccio confidenzialmente e, nel fargli traversare due sale per condurlo da sua moglie, gli disse: «Trattiamoci da amici, dammi del tu. Qui non c'è più principale né sostituto. In casa mia ricevo i miei amici...». E fermandosi per ripetere una stretta di mano soggiunse: «ed i miei colleghi». Poi gli affermò che ormai, dopo il processo Galbusera, egli aveva preso posto fra gli avvocati più valenti di Milano, e tirò via a discorrere del suo genere di eloquenza forense, confrontandolo col proprio, discutendo le sue argomentazioni, ammirando le sue trovate. Giovanni fu commosso, e strinse egli pure cordialmente la mano di quell'uomo, che aveva giudicato artifizioso e rettorico, e che ora cominciava a conoscere sotto un altro aspetto. Il Berti non ci metteva studio nelle tirate sentimentali che da tanti anni formavano la sua gloria; era realmente un uomo sentimentale malgrado i suoi cinquant'anni. Aveva la fantasia poetica, il cuore appassionato; era una natura romantica. Durava fatica a tenersi un po' in sussiego coi giovani di studio, perché amava la gioventù, si univa volontieri ai suoi spassi, ne aveva l'ingenuità, la spensieratezza, lo spirito avventuroso. Dapprincipio le difese di Giovanni, serrate, positive, senza quelle tirate declamatorie colle quali egli faceva piangere le signore ed abbarbagliava i giurati, gli erano sembrate fredde: «Non ha sangue nelle vene, costui» diceva. «Non sa commovere; non fa nulla pei suoi clienti». Ma quando aveva udita nel processo Galbusera la parola del giovine avvocato attingere tanta efficacia dalla semplice esposizione dei fatti, ne era stato vivamente impressionato, ed aveva risentito un sincero piacere del trionfo del suo sostituto. Rimanendo rettorico, perché era nato ed invecchiato così, capiva il merito d'un sistema differente e più verista. La cordialità della signora fu meno candida. Lei pure era contenta realmente d'avere nel suo salotto il giovine avvocato che faceva parlare di sé tutta Milano; ma era contenta per vanità, non per sentita ammirazione di lui. Tanto lei che il marito avevano delle aspirazioni giovanili. Ma nel Berti erano effetto d'una natura entusiastica e sentimentale, che l'età non era riuscita a disilludere. Nella signora erano vanità e civetteria. Tutta la sera ella prestò un'attenzione quasi esclusiva a quel nuovo venuto illustre; lo presentò alle signore, che fecero a gara nell'invitarlo alle loro serate, e ad ogni invito rispose per lui: «Sì; te lo condurrò martedì, te lo condurrò domenica. Sono io che lo patrocino, come allievo di mio marito...». Poi soggiungeva, ridendo come chi dice una cosa stravagante: «Gli faccio da mamma». E Giovanni era obbligato a protestare che era troppo giovine, e bella, e che una mammina così inspirava tutt'altro che riverenza, tutt'altro...

Un po' colla sua protettrice, un po' da solo, Giovanni fece il giro delle conversazioni di Milano. La sua bella figura, i suoi modi d'una semplicità elegante, il contegno dignitoso, l'umore giocondo, e soprattutto il suo spirito brillante, lo rendevano simpatico a tutti. Gli uomini lo consultavano sulle questioni politiche e sociali, e facevano gran caso del suo parere. Le signore si dolevano perché non ballava, dicevano che alla sua età era una pedanteria, e lo invitavano loro stesse per una polka, per una quadriglia, col pretesto d'insegnargli a danzare, ma, in realtà, perché amavano di passeggiare al suo braccio per le sale, di conversare con lui, di sentirlo dire dei complimenti, un po' diversi da quelli convenzionali che udivano sempre. Infatti Giovanni cominciò a ballare, e nel carnovale seguente prese parte alle danze, sebbene molto moderatamente, e divenne uno dei giovani più ricercati ed alla moda. Ma l'impianto di uno studio e d'un piccolo quartiere, il vestire elegante, il vivere in una locanda buona e ben frequentata, come conveniva alla sua nuova situazione, erano cose dispendiose assai. C'era sempre nel suo cuore lo sgomento di avvezzarsi a farla da parassita come suo padre, e che un giorno s'avesse a dire di lui: «Vive alla mensa dei signori come il Dottorino». Misericordia! Per evitar questo, prodigava mazzi di fiori, gingilli artistici, palchi in teatro alle famiglie che lo invitavano a serate ed a pranzi. Tutto questo gli costava caro. I suoi guadagni bastavano appena per le sue spese e pel sussidio che mandava a suo padre; ed in mezzo a' suoi trionfi, era sempre lontano, lontano assai, dall'ideale del signor Pedrotti: «Un marito ricco per sua figlia». Ma questo pensiero non lo perseguitava più tanto. La memoria di Rachele, sempre soavissima quando gli tornava alla mente, vi tornava con minore insistenza. L'idea di sposarla era sempre fissa in lui, come un patto contratto con sé medesimo, come un destino. Ma le impazienze ardenti di raggiungere quella meta non le provava più, ed altri ardori, altre impazienze ne avevano preso il posto nel suo cuore. Dacché era liberato dalle cure affannose della vita materiale d'ogni giorno, dacché s'era adagiato in un'esistenza comoda e si vedeva circondato dal lusso e dalla bellezza, la sua potente vitalità giovanile gli aveva ridestata nell'anima la sete dei piaceri, tanto più viva, quanto più lunga ne era stata la privazione. Si sentiva affascinato dalla bellezza provocante delle dame, che gli sorridevano e gli stendevano la mano. Contemplava avidamente le loro spalle e le braccia nude, e quando non eran vestite da serata, le ripensava, le rivedeva coll'immaginazione, traverso i velluti e le sete. I fuggevoli amoretti delle sartorine e delle crestaie, che avevano interrotta di tratto in tratto l'uggia della sua vita da giovinotto povero senza occupargli né la fantasia né il cuore, ormai non lo allettavano più. Nella sua natura da poeta era istintivo l'amore dell'eleganza. Amava le donne belle, ben vestite, che parlano bene. Amava di entrare nella loro atmosfera signorile, di mettersi ai loro piedi sopra un ricco tappeto, di sedere con esse sui divani di raso, di sentire il profumo dei loro capelli e dei loro guanti. Anelava alla sua parte di felicità, al romanzo tempestoso della gioventù, si trovava nell'ambiente che poteva crearlo, e si compiaceva, coll'immaginazione appassionata, a figurarselo pieno di emozioni e di gioie. Una sera, che in una festa da ballo s'era nascosto fra due vasi di camelie, per abbandonarsi all'estasi snervante di quei sogni, si vide dinanzi un braccio meravigliosamente bello, ed una voce soave ed affannosa gli disse: «Per carità, venga a ballare questa quadriglia. Ho dovuto ritirarmi per ravviarmi i capelli, e sono rimasta senza ballerino». Egli si rizzò sbalordito, cogli occhi fissi su quelle braccia, su quelle spalle, su quel seno, su tutta quella pelle bianco-rosata da bionda, che gli pareva la realtà della sua visione d'amore. Seguì la bella donna trasognato e muto, sbagliò tutte le figure della quadriglia a cui non badava punto; non cessò mai di fissare la sua ballerina con uno sguardo avido. Si sentiva oppresso. Aveva incontrata parecchie volte quella signora, era stato in casa sua, la conosceva, sapeva che era bella, ma non aveva mai provata nessuna commozione accanto a lei. Si erano trattati con quella certa confidenza compagnevole e gioviale che le donne avvezze alla società accordano spesso ai gentiluomini, e spesso Giovanni parlando di lei aveva detto: «Mi piace, perché non ha la pretesa che le si faccia la corte. Si può parlare con lei come con un amico». Invece, in quel momento d'eccitazione gli parve che quella bellezza fosse fatta per lui, che la rivelazione di quelle forme, provocantemente nude, fosse una conseguenza delle sue fantasticherie amorose; che le avesse evocate, e gli fossero apparse. Non parlava affatto, ed aveva l'aria turbata ed infelice. «Che cos'ha, avvocato?» gli domandò la contessa. «Siete troppo bella!» rispose Giovanni colla voce sommessa ed affannosa d'un uomo appassionato. La contessa rimase sbalordita. Ebbe un sussulto come se avesse ricevuto un colpo nel petto. Comprese che avrebbe dovuto risentirsi, rimproverare il suo cavaliere troppo audace, oppure voltargli le sue belle spalle e piantarlo solo. Ma in realtà non provò nessun risentimento. Aveva infatti ricevuto qualche cosa come un colpo nel petto, come l'urto d'una pila elettrica. Lo stesso turbamento che opprimeva Giovanni oppresse anche lei. Finirono la quadriglia muti, agitati, in uno di quegli affannosi silenzi d'amore, più eloquenti ed espansivi di qualunque parola. Le loro mani s'incontravano tremando, si stringevano a lungo, si separavano lentamente e con rammarico; i loro sguardi s'incrociavano e rimanevano avvinti come due lame calamitate; i loro petti erano oppressi da una grande malinconia, da uno sgomento ignoto, e lei aveva voglia di piangere.

La contessa Gemma Castellani di Monte era una donna ambiziosa e scettica. Fin dall'adolescenza aveva amato il lusso sfrenatamente, e quella passione, crescendo cogli anni, aveva invaso tutto il suo cuore. Da bimba in collegio aveva sempre ricercate le compagne ricche e nobili, disprezzando quelle che non avevano una mamma elegante, delle carrozze e dei servitori in livrea. Fatta più grande, poi, desiderava un ricco matrimonio ed un titolo di nobiltà con tale ardore che non le rimaneva cuore per altri sentimenti. L'amore la faceva sorridere. Se udiva di due sposi innamorati che si isolavano per vivere l'uno all'altra, crollava le spalle con disdegno e diceva: «Che gusti!». In fatto di matrimonio s'interessava soltanto di conoscere la rendita, il corredo e le toelette della sposa; se questa andrebbe in società, se riceverebbe molto, se avrebbe molti cavalli e belle carrozze. Per conto suo, in fondo in fondo all'anima, aveva anche una speranza vaga di cavalcate eleganti e di lunghi abiti all'amazzone. Ma era figlia d'un banchiere che aveva una numerosa famiglia e che, per non dissestare i suoi affari, non poteva darle più di centomila lire di dote. Sua madre le aveva fatto capire che con una dote così modesta non bisognava manifestare molte esigenze per non impaurire i pretendenti. E la bella Gemma, che per nulla al mondo non avrebbe voluto diventare una zitellona, s'era tenuto in cuore il suo cavallo da sella, salvo a tirarlo fuori e ad imporlo al marito quando fosse ben sicura che questi non potesse sfuggirle. Ma faceva grande assegnamento sulla sua bellezza, e non volle sacrificare i suoi sogni d'ambizione ai giovani agenti di cambio, avvocati, piccoli possidenti, che le offersero il loro cuore ed una situazione modesta. Un giorno le fu presentato, in una casa aristocratica, un generale in ritiro, che aveva il titolo di conte, trenta capelli bianchi per tutta capigliatura, e sessant'anni sonati. Qualcuno bene informato disse che era milionario, e la bella Gemma confidò alla padrona di casa che nessun giovinotto le aveva mai fatta un'impressione tanto buona come quell'uomo «dall'aspetto nobile e dalla fronte intelligente». Del resto non era vecchio; lei non credeva che avesse più di cinquant'anni; certo non li dimostrava; ed a cinquant'anni un uomo è sul fiore dell'età. Lei aveva diciannove anni appena; ma era sicura che, se l'avesse domandata in moglie, non avrebbe avuto difficoltà a sposarlo; un marito deve avere acquistata una lunga esperienza della vita, per essere guida sicura ad una giovine sposa. Lei non capiva come si potesse affidare il proprio avvenire, la propria felicità ad un giovinotto spensierato... Sapeva con chi parlava, la bella Gemma. La sua confidente riferì i discorsi della giovinetta al generale milionario; riferì di nuovo a lei l'espressione della gratitudine del conte, e quanto avrebbe desiderato di possedere una giovine sposa così bella e ragionevole; ma, alla sua età, non osava domandarla; temeva di rendersi ridicolo... «So bene che lui non ci pensa» disse Gemma. «Neppur io ci penso; non ho mai sognato che mi toccasse una simile fortuna. So che il babbo ha in vista un banchiere ricchissimo, un giovinetto... Lo sposerò; ma se m'avesse domandato quest'uomo serio, l'avrei accettato con maggior fiducia...» Daccapo la signora confidente riferì quegli incoraggiamenti impliciti della sua giovine amica, e, dopo due mesi, la figlia del banchiere diveniva contessa e milionaria, ed aveva fra i suoi doni di nozze un bel cavallo da sella.

Erano passati i primi sette anni di matrimonio con una rapidità vertiginosa. La contessa Gemma correva con una smania febbrile di festa in festa; lusso, divertimenti d'ogni sorta, ricevimenti sfarzosi che assorbivano in una serata la rendita di un anno, villeggiature splendide, l'avevano inebbriata. S'era abituata subito al suo titolo, ma si compiaceva sempre di sentirselo dire; e gli elogi alla sua eleganza, le ammirazioni, per quanto iperboliche, non la saziavano mai. Nei primi tempi il marito, prendendo sul serio la sua missione di guida presso la giovine sposa, aveva cercato di frenare quella foga esagerata, e ne erano nati dei dissensi, che avevano rese anche più vive per la contessa quelle soddisfazioni che doveva ottenere al prezzo di lotte acerbe. Era ancora un trionfo della sua vanità l'aver vinta l'opposizione del marito. Alla fine il generale s'era rassegnato ad essere semplicemente una guida materiale, per accompagnare sua moglie dovunque ella sapeva di trovare una soddisfazione d'amore proprio o un diletto. Alle bagnature di Baden e di Vichy, alle invernate di Nizza, alle mostre mondiali di Parigi e di Londra, ai ricevimenti di corte il vecchio soldato compariva immancabilmente presentando la sua bella dama. Con un simile treno di vita cinquantamila lire di rendita sono ben poco; si fecero dei debiti, si tirò innanzi finché si poté, ma all'ultimo s'era dovuto darsi vinti ai creditori, e ridurre le spese alla modesta rendita che era rimasta per non finir male. Allora la superba signora aveva abbandonate le società aristocratiche dove, per nulla al mondo, avrebbe voluto comparire meno splendidamente di prima, e s'era messa nei circoli della borghesia, nei quali si poteva far buona figura anche con una carrozza ad un solo cavallo, e senza nessun cavallo da sella. Ed ecco in che modo Giovanni l'aveva incontrata in casa della signora Berti, e delle sue conoscenti. La galanteria aveva sempre lusingata la vanità della contessa, ma la passione non aveva mai parlato al suo cuore. Il suo stesso lusso, il suo orgoglio, avevano intimidito gli amori nascenti. Quanto a lei, amava troppo se stessa, troppo le premeva di far parlare di sé come della dama più elegante di Milano, per aver mente e cuore ad innamorarsi. Forte della sua bellezza e della sua gioventù non aveva bisogno di civetterie per farsi ammirare: e quella mancanza di civetteria, e l'altezza che le veniva dalla grande opinione che aveva di sé, le avevano fatta una riputazione d'onestà ed era stata la sua salvaguardia. Era considerata una fortezza inespugnabile. C'era voluta tutta l'eccitazione, il rapimento, la follia a cui era giunto Giovanni quella sera, nella lotta tra la sua imperiosa vitalità giovanile ed i suoi desiderii d'amore insoddisfatti, per gettare così in faccia ad una signora, che tutti giudicavano onesta, quelle tre parole ardenti come un bacio: «Siete troppo bella!». La contessa aveva ventotto anni, e di tutte le ebbrezze dell'amore non aveva conosciute che le carezze del suo vecchio marito. La passione, latente nel suo cuore, si accese come una fiamma all'urto di quello sguardo, al suono di quella voce. Ella non pensò di resistere a quel fascino come non aveva pensato mai di resistere a nessuno de' suoi desiderii. Il suo egoismo era grande come una passione; non sapeva negar nulla a se stessa. Quella notte, rientrando dal ballo, sola nella sua stanza, pianse di gioia e d'impazienza, ripensando le strette di mano e gli occhi neri e profondi di Giovanni. Dove l'avrebbe riveduto? Quando? Era tutto un orizzonte inesplorato di delizie che le si apriva dinanzi: una vita nuova. Dopo l'orgoglio di sapersi ammirata e bella, l'orgoglio più intenso di sapersi amata e la gioia d'amare.

Giovanni si sentiva attirato da quella donna. La ricercava, la seguiva, la avvolgeva in una rete di passione. E quando la lontana immagine di Rachele gli si presentava alla mente, non più come una visione di cielo, ma come una meta da cui si allontanava, egli diceva come per tranquillarsi: «Questo amore passeggero per una donna maritata è un fiore che si coglie per via. Non impegna a nulla». Ma per nessuna cosa al mondo avrebbe rinunciato a cogliere quel fiore. Andava dappertutto dove sapeva di trovare la contessa; le stava sempre accanto coll'occhio avidamente fisso sulla sua persona bella. Coglieva l'occasione, nelle figure delle quadriglie, per stringerle la mano, e pareva che tra quelle mani ci fosse un filo conduttore d'elettricità che le facesse tremare all'unisono, e le congiungesse così fortemente, che il distaccarle era una pena e, separate, si ricercavano. Giovanni ballava poco. Ma una sera, trovandosi accanto alla contessa mentre intonavano una polka, le porse la mano in silenzio, ed ella accettò. Allora se la strinse al cuore come se volesse rapirla, la riscaldò, la arse in quell'abbraccio, le sfiorò i capelli, la accarezzò tutta quanta nella stretta delle due persone congiunte, poi, nel ricondurla a sedere, le serrò le mani con una forza che compendiava tutte le strette amorose, supplichevoli, ardenti, intime con cui aveva parlato a quella mano cara durante il ballo. Ma non le disse nulla. Era felice di quella passione calda che lo invadeva tutto. Si sentiva amato, s'inebriava, s'inteneriva in quelle mute dolcezze; amava di assaporarle; non sentiva il bisogno di precipitare il romanzo colle spiegazioni che lo avrebbero abbreviato. Sapeva che una spiegazione verrebbe. Vedeva la gioia suprema che lo aspettava, e lasciava che venisse da sé, di tenerezza in tenerezza, temendo quasi che, affrettando il momento supremo, avesse a perdere una di quelle sfumature del sentimento, uno di quegli episodi puerili e muti, che lo deliziavano. Pensava le spalle bianche, la vita flessibile, i capelli biondi della contessa Gemma, ricordava fremendo le sue strette di mano febbrili, i suoi lunghi sguardi innamorati; ed ardeva tutto all'idea che quella donna sarebbe sua. Dove? Come? Quando? Non ne sapeva nulla, ma era certo di possederla; e quella certezza lo inebbriava. Un giorno la signora Berti gli aveva dato appuntamento in casa sua, perché doveva presentarlo a qualcheduno misteriosamente. Infatti Giovanni trovò nel salotto della sua amica la signora del banchiere Ipsilonne, il quale era seriamente compromesso in un processo che si stava iniziando per una grossa falsificazione a danno dello stato. Una somiglianza fatale della sua scrittura con una delle firme falsificate lo accusava, e, dei due periti calligrafici chiamati dal tribunale, uno dichiarava di conoscere la mano di scritto del banchiere, e l'altro esitava, senza osare di negare la sua colpabilità. Ma in realtà egli era innocente. La moglie desolata giurava per lui, e si raccomandava a Giovanni perché ne assumesse la difesa, coll'impegno, coll'amore che aveva posto nella difesa del povero acquavitaio omicida. Era un processo interessantissimo, che prometteva all'avvocato un nuovo trionfo, e la causa di quell'uomo integro, fatalmente implicato in una truffa vergognosa, lo appassionò. Mise il suo tempo, la sua mente, il suo cuore al servizio del nuovo cliente. Impose silenzio alla sua passione, e, senza accordarsi il tempo per rivedere e salutare la contessa, si recò a Napoli, a Roma ed a Torino, per assumere documenti, prove e testimoni in favore del banchiere. Poi tornò a precipizio, perché la mattina seguente dovevano cominciare i dibattimenti. Giunse a Milano coll'ultimo treno della sera, dopo essere stato assente più di una settimana. Rientrando in casa trovò un telegramma del parroco di Fontanetto che lo aspettava da sei giorni.

Partecipo con dolore morte dottor Mazza, tuo padre. Trovato esanime in letto stamane; spirato, pare, iersera. Regolamenti sanitari vietano differire sepoltura oltre ventiquatt'ore. Telegrafa ordini funerali.

Dopo sei giorni i funerali dovevano essere fatti e dimenticati. Non era molto che Giovanni aveva spedita al padre una piccola somma; poi c'erano i mobili di casa. Egli pensò che ormai non c'era più bisogno de' suoi ordini, e tanto meno della sua presenza a Fontanetto, che del resto il processo del domani rendeva assolutamente impossibile. Egli aveva fatto il suo dovere, anche a costo di grandi sacrifici, sovvenendo il padre nella sua miseria; ma non era un figlio devoto. La vita da parassita, le ubbriacchezze del Dottorino, la sua servilità verso i signori, le sue violenze in casa, e l'ultimo degradamento del *delirium tremens* a cui lo sapeva ridotto, non lo invogliavano a correre al suo paese, per raccogliere l'eredità di sprezzo, che doveva essere l'unica successione del povero morto. Sapeva che in quel momento non avrebbe inspirata nessuna simpatia, perché era troppo viva la memoria di quell'ignobile vita e di quell'ignobile morte. E d'altra parte non gli premeva più tanto di produrre un'impressione favorevole a Fontanetto. Non s'era bastantemente arricchito per domandare Rachele, pensava. Ma in realtà, mentre cinque anni prima quel momento gli era sembrato tanto lontano, ora trovava che era troppo presto per ammogliarsi. Rispose con un telegramma, che la notizia gli era pervenuta troppo tardi e per conseguenza non aveva potuto assistere ai funerali; che confidava nel parroco, il quale certo aveva fatte le cose ammodo. Giovanni pensò con profonda tristezza la vita miserabilmente trascinata per trent'anni da suo padre, la sua morte vergognosa, tutta quell'esistenza oscura, senza elevatezza e senza affetti, e ne sentì un infinito rimpianto Il Dottorino aveva forza ed ingegno. Senza dubbio avrebbe potuto far qualche cosa; ed era passato così. Ed egli era suo figlio; forse aveva ereditato il germe del carattere paterno; forse le passioni abbiette che avevano rovinato il padre gli stavano latenti nel cuore aspettando un momento di snervatezza, d'inerzia, per svilupparsi e per vincerlo. Questo pensiero lo impaurì, gli riaccese più viva nel sangue la smania del lavoro, l'ambizione della gloria che incalza, il desiderio della ricchezza per assicurarsi l'indipendenza. E passò tutta la notte allo studio del suo grande processo per prepararsi alla difesa. I dibattimenti durarono una settimana, e furono una serie di trionfi pel giovine avvocato. Ormai era noto e famoso; ogni sua parola era aspettata, ripetuta in giro, riferita dai giornali. Il fatto solo ch'egli doveva parlare, faceva accorrere una folla di gente, stenografi, giornalisti; le sue frasi erano ridette, commentate nelle conversazioni, i suoi criterii facevano legge per molti, ed erano discussi e presi in considerazione anche dalle persone più serie. Ogni sera egli trovava alla sua porta un fascio di biglietti da visita, riceveva lettere di congratulazione, parole d'ammirazione e d'amicizia. Egli però era ancora sotto l'impressione triste della morte del Dottorino. Rientrando in casa, gli pareva sempre di doverci trovare il cadavere di suo padre, decrepito anzi tempo, morto nell'ubbriacchezza. Avrebbe voluto non pensarci, e non poteva. Ogni giorno vedeva nella tribuna la contessa che stava ad ascoltarlo. Era splendida di bellezza e d'eleganza, ed attirava tutti gli sguardi. Ma lei non guardava che il giovine difensore. Giungeva presto; quand'egli entrava era già là ad aspettarlo. Gli fissava in volto i suoi occhi d'un turchino metallico, e rimaneva immobile, cogliendo al volo lo sguardo di lui quando alzava il capo, lanciandogli un'occhiata tagliente, acuta, penetrante, che gli andava all'anima traverso le pupille.

Durante la sua difesa, più volte egli la guardò; era appassionato e commosso, e sentiva il desiderio d'un volto amico. Lei era sempre nella stessa posizione, coll'occhio intento su lui, come per forza magnetica. La pupilla azzurrina era velata da uno strato vitreo: piangeva; non colla pezzuola, né con una mano sugli occhi; piangeva lasciandosi cadere lungo le guancie le lacrime lente, che pendevano tremolanti ai lati del mento, e si staccavano come perle per caderle sul seno, dove segnavano dei larghi dischi plumbei sulla seta cenerina del vestito. Giovanni era turbato da quegli sguardi, da quelle lacrime, da quella bellezza affascinante, da quell'amore prepotente che sfidava le convenienze per rivelarsi a lui. In quei giorni di tristezza sentiva d'amare la contessa con una tenerezza dolce da sposo. Non provava gl'impeti di passione sfrenata d'un mese prima, non aveva il desiderio febbrile di stringerla, di stritolarla sul suo cuore, di mordere le sue carni rosee da bionda. Avrebbe voluto sederle accanto in un misterioso silenzio, e piangere sul suo seno. Ogni giorno si proponeva di andar da lei; ma differiva sempre. Si deliziava di quell'aspettativa, della stessa intensità del suo desiderio. E non cessava di pensare a lei. Il Dottorino era caduto in un tale stato d'ebetismo, che era passato dall'ubbriachezza alla morte senza forse avvedersene, certo senza poter chiamare aiuto, né aiutarsi. La Matta l'aveva trovato freddo, stecchito nel suo letto, ed era corsa ad avvertire il parroco, e questi l'aveva mandata a chiamare il procaccio per spedirlo subito a fare il telegramma a Borgomanero. «È pel signor Giovanni» diceva la Matta al procaccio. Ed era in tale orgasmo all'idea di rivedere Giovanni che non pensava più alla tragedia che era avvenuta in casa. Si fermava all'ingresso delle botteghe, e susurrava come chi teme di destare qualcuno che dorme: «È morto il padrone! È morto briaco!». E faceva atti di meraviglia; pareva che ricevesse lei quella notizia invece di darla. E quando lo stupore dei bottegai era passato un pochino, ripigliava, raggiante di gioia, come se fossero trascorsi degli anni, e non ci fosse nessun rapporto tra la nuova luttuosa della morte, e l'avvenimento felice che annunciava: «Ora il padrone è il signor Giovanni; servirò lui». La sera il parroco, vedendo che il figlio non veniva né rispondeva, disse che bisognava seppellire il cadavere. La Matta rimase atterrita. Guardò il morto, che aveva la bocca contorta come se la schernisse dalla sua cassa, e pensò che stava per andarsene. Poi pensò alla lontananza ignota del padrone giovine, e si mise a piangere ed a gemere: «Oh Dio! Come farò a trovarlo? Come farò?» Era sempre stato il suo ideale, povera donna, di servire un giorno Giovanni, di vivere con lui. Nella devozione del suo amore da schiava, non aveva mai desiderato altro che di servirlo; ma lo aveva desiderato con un'intensità passionale, ne aveva fatta la méta della sua vita in questo mondo; e quando in chiesa pensava vagamente al paradiso si figurava ancora Giovanni in alto, e lei a' suoi piedi; un atteggiamento cui non avrebbe osato aspirare nel suo stato presente, ma che le pareva d'una dolcezza paradisiaca. Intanto pregustava piaceri più terreni. Passava delle ore incantevoli ad immaginarsi di preparare un pranzo per Giovanni. Sapeva che amava il risotto, pensava tutta la cucinatura d'un risotto squisito; vi aggiungeva idealmente dei funghi, e fin dei tartufi; e rideva di gioia all'illusione di vederglielo mangiare e di sentirsi dire: «Com'è buono!». Si faceva insegnare dalle cuoche del farmacista e del parroco una quantità d'intingoli complicati, per nutrire i suoi sogni d'amore. Ed ora dov'era mai quel padrone che voleva servire con tanto cuore? Dove trovarlo? E se si fosse smarrita per via? Ed anche il morto se ne andava. Lei non lo aveva amato; ma ne aveva presa cura perché era il padre di Giovanni, e perché sentiva vagamente che quel vecchio inebetito era un legame tra la casa ed il giovine assente. Il morto fu messo sotterra; e quando la Matta tornò dal cimitero, sfigurata dal piangere lungo e disperato, trovò il parroco, che era tornato prima di lei, e faceva esaminare a parecchi creditori i mobili del defunto. I denari che riceveva dal figlio il Dottorino li spendeva all'osteria, dall'acquavitaio, dal tabaccaio; ed aveva lasciati dei debiti presso tutti i bottegai e presso il padrone di casa. «È un debito di quattrocento lire in tutto» diceva il parroco. «Poi ci sarebbe quel poco funerale, e la messa... Sul figlio non c'è da contare, perché non ha nemmanco risposto e non è venuto; ma, vendendo i mobili, se ne caverà una piccola somma che forse basterà a pagar tutti». La Matta, che era stata ad ascoltare a bocca aperta, si fece pallida e tremò. Vendere i mobili! I mobili, fra i quali aveva sognato di vivere il resto de' suoi giorni con Giovanni! Il suo letto; la tavola dove pensava sempre d'apparecchiargli da pranzo. E quei libri che gli piacevano tanto! Rimase un poco assorbita in riflessioni difficili, senza più badare ai discorsi degli altri che parlavano di *vendita amichevole*, di *asta giudiziaria*, di altre cose che lei non capiva. Poi se ne andò, corse ad aprire la sua cassa, e ne tolse il libretto della cassa di risparmio, che portò al parroco, ridendo di gioia cogli occhi ancora gonfi di pianto. «Cosa vuoi farne?» domandò il parroco. «Comperare i mobili...» implorò la povera donna. «Sarebbe un prestito che faresti al figlio del tuo padrone?» «Sono suoi» disse la Matta con generosa convinzione. «E il padrone è lui». «Ma dei mobili cosa vuoi farne?» «Portarli al padrone. Ma bisogna insegnarmi la strada». Il parroco rimase perplesso. Non voleva abusare della generosità stupida della povera serva. D'altra parte sapeva che i mobili del Dottorino non potevano fruttare in tutto che un centinaio di lire. Invece, le cinquecento lire all'incirca che offriva la Matta erano bastanti per pagare i creditori ed anche la parrocchia. Ci pensò a lungo, perché non aveva la mente molto svegliata; ma finì per trovare una soluzione: «Tu comperi i mobili per conto dell'avvocato» disse alla Matta. «Più, gli presti il rimanente della somma per pagare i debiti di suo padre. Io farò in modo che ti rimanga da pagare il viaggio ed il trasporto dei mobili. E tu, andando a Milano colla roba, gli dirai la cosa com'è, e ti farai restituire il fatto tuo. Gli dirai che, se non ha fede nella tua parola, scriva pure a me, ch'io attesterò del prestito che gli hai fatto di cinquecento lire...». Di tutto questo la Matta non capì nulla, assorta com'era nell'idea d'andare a Milano da Giovanni e di portargli i suoi mobili, che dovevano fargli tanto piacere. Dove fosse Milano, come potrebbe arrivarvi, non ci pensava più. Il parroco le avrebbe insegnata la strada. Andava a servire Giovanni, a fargli da pranzo, a spazzolargli i vestiti, a rifargli il letto. Come si proponeva di rivoltare le foglie del pagliericcio! di farle stare sollevate perché il letto fosse morbido! Lei non conosceva ancora i pagliericci elastici. Diceva alle vicine: «Ora non gli mancherà più nulla, poveretto. Ora sono io che lo servo!». E lo diceva con un intenerimento, con un senso d'abnegazione, come se, dacché era lontano da lei, nessuno gli avesse più resi quei servigi, e stesse squallidamente abbandonato, aspettando lei. Era trasfigurata dalla gioia. Salutava tutti dicendo: «Non mi vedrete più». Ma quella parola tristissima delle separazioni eterne, la ripeteva giubilando: non poteva cessare di ridere; quel riso era diventato una contrazione involontaria del volto; una convulsione di gioia. Passò parecchi giorni e spesso vegliò anche la notte per pulire, involgere, imballare, sempre col pensiero smarrito nelle visioni, lungamente vagheggiate, di piatti in cucinatura, destinati a Giovanni, delle scarpe di lui infilzate nel suo braccio, e lustrate, lustrate, fino alla lucentezza d'uno specchio, fino ad indolorirle la spalla pel resto della giornata.

La partenza da Fontanetto sul carro, la strada ferrata, che vide per la prima volta a Novara, non la distrassero dalle sue fantasie. Osservò con ispavento i facchini che portavano i mobili verso i carri delle merci, lontani dalla carrozza di terza classe, dove il carrettiere, dandole il biglietto, aveva indicato a lei di salire; poi si avviò verso le merci per viaggiare accanto al suo deposito. Ci vollero spiegazioni infinite per farla tornare al suo posto. Guardava con diffidenza quel pezzo di carta che doveva farle restituire i mobili a Milano e lo teneva preziosamente stretto in mano, sebbene dubitasse del suo valore. Il carrettiere le disse: «Vedrete come si va presto là dentro. Altro che sul carro!» Ma lei non gli diede retta rispose soltanto: «Siete sicuro che me li restituiranno quando sarò a Milano?» Si avvide appena della rapidità della corsa;

non poteva essere bastantemente rapida pel suo desiderio. Scendendo a Milano si gettò sul primo impiegato delle ferrovie che vide, col suo biglietto in mano, e non badò a nulla, fuorché alla ricerca dei mobili. Il facchino che li caricava, vedendo quella specie di selvaggia, le disse: «È la prima volta che venite a Milano?» La Matta stese ansiosamente le mani verso uno stipo sgangherato che egli stava sollevando e non rispose. «Vedrete com'è grande e bella Milano!» tornò a dire il facchino. «Più del vostro paese. Di dove siete?» «Badate che non si rompa; posatelo pianino» gridò la Matta tutta assorta nella responsabilità di quello stipo. Percorse le contrade, a piedi, dietro i due carri tirati dai facchini, cogli occhi fissi sui mobili, senza badare ad altro. In piazza del Duomo il facchino ciarliero si voltò per godere della sua meraviglia. Ma la Matta non guardava il Duomo. Pensava che stava per veder Giovanni, per comparirgli dinanzi improvvisamente, le batteva il cuore, ed aveva una inesplicabile paura. Poi pensava alla gioia che proverebbe ricevendo i suoi mobili. «Tanta bella grazia di Dio che volevano vendere!» Il facchino le gridò: «Ohe! Guardate un po' in su. È più bello del San Gaudenzio di Novara». La Matta alzò gli occhi; vide una massa bianca e smisurata colla Madonna in cima, si fece il segno della croce, poi riprese a camminare a capo chino. «Stupidi villani!» mormorò il facchino ambrosiano; e diede un urtone al carro dei mobili, per vendicarsi.

La Matta aveva un bigliettino che le aveva dato il parroco coll'indirizzo di Giovanni, Via del Capuccio N... Non aveva voluto darlo al facchino, l'aveva presentato tutto spiegazzato a due o tre persone domandando ansiosamente: «Dov'è? Da che parte si va?» Ed aveva preteso di dirigere i facchini dietro quelle indicazioni. Furono essi invece che la guidarono, e si fermarono al portone che a lei, incapace di leggere i numeri, sarebbe sfuggito. Giovanni non era in casa. Lo scrivano dello studio aperse l'uscio, e rimase sbalordito al vedere quella contadina seguita da due uomini carichi di vecchi mobili. Il giovine avvocato non aveva che lo studio, con un salottino annesso, e la camera da letto. Lo scrivano esitava a lasciar ingombrare le stanze con quelle anticaglie. Ma la Matta lo guardò ben bene in aria di sfida, e gli disse: «Sono i suoi mobili, ed io sono la sua serva». D'altra parte i facchini grugnivano «che non potevano rimaner sull'uscio eternamente con quei pesi sul capo». Bisognò lasciarli deporre il carico, una volta, due, tre, finché ebbero vuotati i carri. C'era una stia sulla scrivania dell'avvocato, e la vecchia libreria vuota, posata contro l'armadio della camera da letto, ne nascondeva lo specchio. Nel vano del balcone entrò come una nicchia il cassone dei libri, e dappertutto seggiole zoppicanti, materassi rotolati, fodere da pagliaricci, credenze. La Matta contemplò avidamente il mobiglio del piccolo quartiere che le parve splendido. «Questa però non è roba sua», pensava. Aveva una vaga rimembranza di discorsi uditi quando Giovanni era all'università, che non aveva bisogno di portarsi un letto né altro perché gli dava tutti i mobili la padrona di casa. «Sono più belli dei suoi» diceva fra sé guardando il letto di ferro vuoto, e le modeste poltroncine di damasco di lana, «ma sono troppo belli, danno soggezione. Non si potrebbe prendere la rincorsa e saltare su quel tavolino, lucido a quel modo; ci resterebbe l'impronta dei piedi...» E, tutta rasserenata a quell'idea gioconda dei salti che Giovanni faceva da fanciullo, riprese a sorridere alle vecchie tavole che ingombravano il passaggio. «Come si troverà più libero fra questi mobili suoi che conosce...» E si figurò di vederlo rallegrarsi di quegli oggetti come di vecchi amici; le pareva che dovesse guardarli ad uno ad uno, e ridere delle memorie che gli richiamavano, e quasi accarezzarli, e poi dire a lei che era contento di riavere la sua roba, e che aveva fatto tanto bene a portargliela, guai se l'avessero venduta! E fregarsi le mani, e saltare, e dire: «Ora sì che mi sentirò in casa mia, e staremo bene!» Era tutta animata evocando col pensiero l'immagine del bel giovinetto che era partito dal paese cinque anni prima, ma se lo figurava più gaio, più felice pel dono che lei gli portava. Guardò i suoi abiti appesi ad un attaccapanni, li rivoltò da ogni lato, introdusse timidamente una mano nella fodera d'una manica, poi sorrise e disse forte: «È seta!» Vicina al letto c'era una poltroncina, e sul tappeto una pianella capovolta. La raccolse, cercò sotto il letto la compagna, e le dispose una accanto all'altra. Accarezzò lo schienale imbottito della poltrona, passò leggermente una mano sul sedile; le batteva forte il cuore; si sentiva opprimere; cedendo ad un'attrazione irresistibile, si guardò intorno come se temesse di venir sorpresa, poi si mise a sedere sull'orlo di quella poltroncina dove sedeva lui. Una specie di ebbrezza la invadeva; tremava tutta; era commossa e finì per abbandonarsi ad un pianto silenzioso e dolce. Finalmente s'udì il campanello. La Matta balzò in piedi e corse all'uscio dello studio. Era lui che tornava di certo; e lei era là in casa sua a riceverlo, a servirlo. Come doveva essere contento di vederla là! Le si struggeva il cuore dalla tenerezza. Diede un'occhiata rapida al letto laggiù in fondo alla camera, ed all'uscio, e le splendevano gli occhi come due fiamme. Forse pensava se traverso la toppa si potesse vederlo dormire, come laggiù nella stanza di Fontanetto.

S'udì lo scrivano aprire l'uscio del salotto, poi una bella voce, sonora come una musica di chiesa, disse in tuono di grande meraviglia: «Che cosa c'è?» «È giunta una contadina... La sua serva...» rispose lo scrivano. La Matta che s'era sentita commossa fin nelle viscere da quella voce, ringoiò un singhiozzo che la strozzava, e s'affacciò all'ingresso del salotto gridando: «Son io, signor Giovanni, son io!». Poi si mise le mani giunte fra le ginocchia, e stette a guardarlo dondolandosi e ridendo, ridendo finché gliene rimasero gli occhi pieni di lacrime. «Oh! sei tu, poveretta! Come va? Come va?» disse Giovanni cordialmente. La Matta non poté che rimettersi a ridere, perché quel gruppo in gola non la lasciava parlare. «Mi fa piacere di vederti» soggiunse l'avvocato, battendole una mano sulla spalla. «Brava! mi fa piacere». Questa volta il gruppo uscì dalla gola in un singhiozzo, e la povera donna si nascose il volto nelle cocche della pezzuola del capo che le pendevano sotto il mento. «Via via» tornò a dirle Giovanni affettuosamente, «non agitarti. Siedi. Riposati. Parleremo più tardi». Ed entrò nella sua camera. Ma ne uscì presto, stette un momento sull'uscio per assicurarsi che il primo impeto di commozione era passato poi disse: «E così? Com'è che hai portati questi mobili?» «Sono suoi» rispose la Matta, ed il suo volto s'irradiò di gioia nel dargli quella nuova consolante. «E tu hai fatto il viaggio apposta per accompagnarli?» domandò Giovanni, senza esternare il piacere che la Matta s'aspettava. «Sei stata ben buona, e te ne ringrazio». La Matta ripeté ancora: «Era giusto; sono suoi». «E non ci sono debiti da pagare laggiù?» «No, no. È pagato tutto». Giovanni aveva mandato sufficiente denaro a suo padre per poter credere facilmente che fosse morto senza lasciar debiti, ed avanzando da pagare i funerali. Fece un giro nello studio, guardando la stia sulla scrivania, due panche da letto ritte contro un casellario, pigliando in mano una vecchia cassetta pel sale, che era sulla tavola dello scrivano; poi tornò dalla Matta e ripeté i ringraziamenti. «Sei stata troppo buona davvero. Non metteva conto di venire fin qui per questi cenci. Si sarebbe potuto venderli là; oppure avresti potuto tenerli». «Oh, sono suoi» disse per la terza volta la povera donna col cuore serrato. «Non importa» riprese Giovanni, «te li regalerei volentieri in compenso delle cure che hai avute pel povero babbo». La Matta si sentiva gelare il sangue di dentro. Non era l'accoglienza che s'era aspettata; le pareva che la mettesse fuori dell'uscio, e tremava tutta di vedersi sola nel mondo. Giovanni, vedendo che rimaneva a capo chino senza rispondere, credette di comprendere, e ripigliò: «Ma forse non sapresti dove metterla questa roba; non puoi portartela in casa dei padroni. Dove andrai ora?» le domandò con affettuosa premura. «Hai trovato da collocarti?» Fu un colpo di pistola in mezzo al cuore per quella serva devota. Non la voleva! Non ci pensava nemmeno di tenerla con sé! Quella delusione la colpì così dolorosamente che si lasciò ricadere sulla sedia e si mise a piangere ed a sospirare: «Oh povera me! O povera donna me!» Giovanni le sedette accanto, cercò di consolarla. «Non affliggerti così. Se non hai padrone, lo troverai; intanto puoi rimanere qualche giorno qui, e poi ti darò del denaro perché tu possa aspettare in casa della tua balia finché non ti capiti da collocarti bene. Sai che non sei una donna abbandonata. Ho de' doveri verso di te, e li riconosco volentieri...» Passeggiò su e giù per la stanza, come impacciato dalla presenza di quella donna, poi guardò l'orologio e vide che erano le sei: «Ma tu avrai fame» disse con premura. «Io pranzo alla locanda e qui non ho nulla da darti. Ti farò accompagnare ad un albergo qui accanto, dove ti daranno da mangiare, ed anche da dormire. Potrai fermarti due, tre giorni, fin che vorrai. Sono buona gente. Le ragazze ti condurranno fuori a vedere Milano». La Matta non si moveva. S'era tirata giù la pezzuola fin sulla fronte, e rimaneva muta colla testa bassa. «Non vuoi venire? Che cosa vuoi fare?» domandò Giovanni con un lieve tono d'impazienza. Lei sentì che doveva rispondere, e facendo uno sforzo sovrumano balbettò: «Io non so». Egli era avvezzo a quella parola inconsapevole della povera scema, ma in quel momento, vedendo che rifiutava di andare a mangiare e dormire, mentre doveva averne tanto bisogno, pensò che forse le mancava il denaro, ed aprendo il cassetto della scrivania, ne trasse un biglietto da cento lire, e glielo mise in mano dicendole: «Prendi. Questo è per te. Ti pagherai le spese all'albergo, ed il viaggio quando vorrai tornare al paese. Ed in ogni occorrenza che tu abbia bisogno, fammi scrivere, perché sei sempre stata buona e non ti abbandonerò». Era una sentenza definitiva. Non voleva tenerla con sé. Era finita, non c'era più speranza. Il lungo sogno della sua povera vita svaniva, il suo grande amore da schiava era respinto dal padrone. In quella immensa rovina parve alla Matta che il mondo crollasse intorno a lei, che la spingessero sola in un immenso deserto. Le venne in mente l'asino del mugnaio che girava sempre sempre intorno ad un palo per far girare la macina, e, quand'era vecchio e non girava più, lo conducevano a Borgomanero e lo vendevano per poche lire. E pensò che lei era come quell'asino. Si rizzò convulsa, scese le scale barcollando, Giovanni la seguì. Provava una grande pietà per quella povera creatura. La condusse egli stesso in un piccolo albergo modesto, dove altre volte aveva mangiati i suoi modesti pranzi da una lira, e la raccomandò all'albergatrice. Poi le disse prendendole una mano come avrebbe fatto con una signora: «Sei stanca, poveretta. Ora mangerai bene, berrai un buon bicchiere di vino, e ti metterai a letto. Addio; stai di buon animo. Vieni a trovarmi prima di partire. E se hai bisogno di me, ricordati».

Se ne andò commosso e pensoso. Quella comparsa gli faceva tornare alla mente vaghe e lontane le immagini del passato: il suo poetico amore, mezzo morto, soffocato dalla passione che lo divorava. Ma quello era l'amore dell'avvenire, l'amore dell'età tranquilla, il riposo, la pace. Ora aveva nell'anima la tempesta. Quell'ultimo giorno la contessa lo aveva magnetizzato, bruciato coi suoi lunghi sguardi. In certi momenti era penetrata nel suo cuore fino a fargli tremare la voce, a mettergli un singhiozzo in gola. Colla fissità innamorata di quegli occhi larghi e chiari gli aveva detto ancora ed ancora che lo amava, che era sua. Ed egli sentiva che era vinto, che non potrebbero più vivere separati, che avevano assaporate tutte le note dell'incantevole preludio dell'amore, che erano giunti a quello stato d'esaltamento che rende felici od uccide. E per essi non c'erano ostacoli, non dovevano morire. Quella notte vegliò febbrilmente sognando l'ultimo rapimento dell'amore confessato, la gioia ineffabile e crudele di possedere quella donna, d'abbandonarsi a lei, di confondere le loro vite in una passione colpevole. Il mattino fece sgombrare lo studio dei vecchi mobili di suo padre. Incaricò lo scrivano di farli mettere sul solaio, e di riporre i libri nella libreria. Aspettava qualche cosa; era agitato; avrebbe voluto che la sua casa fosse bella. Non osava pensare che la contessa poteva venire; ma aspettava qualche cosa da lei; era certo di vederla; quel giorno sarebbe andato e le avrebbe detto che la amava. Ma sperava che lo scrivesse prima lei. Andò a sedere alla scrivania; ma era impaziente. Ad ogni scampanellata guardava l'uscio ansiosamente; se tardavano ad entrare, gridava allo scrivano che era andato ad aprire: «Chi è?» Una volta lo scrivano gli rispose: «È il cameriere della locanda. Viene per quella donna di ieri...» «Ah! Va bene, pagalo» rispose Giovanni distratto. Ma poco dopo lo scrivano rientrò: «Dice che vuol parlare con lei». Giovanni accennò col capo di sì, e guardò il cameriere per invitarlo a parlare. Questi crollò il capo, poi disse: «Era disperata, povera donna!» «Disperata! Perché?» «Non so. Non ha voluto parlare. Andò a rannicchiarsi in un angolo della bottega e rimase tutta la sera cogli occhi da spiritata. Urlava come un cane rabbioso, e si cacciava le unghie nella fronte». «Ma cosa aveva?» domandò Giovanni. «Sie... Aveva un bell'interrogarla in tutti modi, anche la padrona. Non rispondeva nulla, la respingeva ed urlava più forte. C'è voluto tutto a farla andare in camera quando si dovette chiudere l'albergo. E tutta notte l'abbiamo udita gemere. Poi questa mattina la padrona la trovò ancora rannicchiata in terra; non s'era messa a letto. Disse che voleva tornare al suo paese, e non ci fu verso. Bisognò metterla nell'omnibus e condurla alla stazione pel primo treno di Novara. Non sapeva neppure prendere il biglietto; l'ho preso io...» Giovanni rimase impensierito. Aveva ascoltato un po' distrattamente, ma pure s'interessava della povera serva; disse a mezza voce: «Cosa potrà avere? Ma!». Poi pensò che i campagnoli non sanno stare lontano dai loro paesi. Quella poi non se ne era scostata mai, ed era un po' scema; s'era spaurita... Prima che il cameriere uscisse, s'udì un tocco del campanello; e portarono una lettera a Giovanni. Era la lettera della contessa. Egli si alzò, e corse a leggerla solo nella sua stanza. Alla Matta non pensò più.

La bella contessa Gemma, avvezza ad appagare tutte le sue brame ad ogni costo, appena s'era sentita nascere nel cuore un amore, vi si era abbandonata senza la minima resistenza; l'aveva anzi fomentato coll'immaginazione, aveva pregustate con delizia le sorprese di quella nuova gioia che si prometteva. S'era figurata l'ora inebbriante e soave della confessione; le parole ardenti, gli sguardi innamorati e profondi, le carezze febbrili; ed aveva vissuto quell'ora col pensiero, coll'ansia del desiderio; ne aveva provate le emozioni, intense fino allo spasimo, fino al delirio; e di giorno in giorno aveva detto: «Sarà domani». Poi i domani s'erano succeduti monotoni e lenti senza portare nessun avvenimento nel suo romanzo d'amore; ed allora la contessa s'era sentito stringere il cuore da apprensioni paurose: «Se non lo vedessi più? Se non mi amasse? Se quella sera avesse ceduto ad un'eccitazione momentanea e poi l'avesse scordata come si scorda un'ora d'ubbriachezza?». Ed allora le era parso che le mancasse qualche cosa di profondamente caro, di necessario alla sua esistenza; aveva provato un bisogno potente che, comunque fosse, ubbriachezza, eccitazione, delirio, quella sensazione durasse nell'animo di Giovanni; oppure si rinnovasse, se quel breve tempo l'aveva dissipata. E s'era data a cercarlo affannosamente nelle case ch'egli frequentava, ai teatri, alle feste, studiando le abbigliature e le scollature più provocanti, facendosi bella e seducente per riconquistare quella dolcezza, che l'aveva inebbriata un momento ed era svanita. E da ogni ricerca tornava prostrata, irritata, nervosa; s'abbandonava a pianti convulsi, ed accessi di furia; spezzava quanto le cadeva sotto mano, maltrattava la cameriera, lacerava abiti e trine, scriveva lettere disperate, poi le lacerava anch'esse. Finalmente aveva saputo che egli era assorto in un processo di grande importanza; e lei era corsa a cercarlo alle udienze, aveva preso il posto più in evidenza nella tribuna, aveva fatto pompa delle commozioni che provava nell'ascoltarlo, s'era gloriata superbamente di quel sentimento tutto nuovo pel suo cuore frivolo, e che metteva una nota romantica nella sua vita. Per tutta la durata dei dibattimenti, aveva scandagliato il giovine avvocato colla fissità delle sue pupille metalliche; gli aveva trasfusa nell'anima traverso gli occhi un'onda d'amore, l'aveva attirato a sé colla potenza d'una passione imperiosa, d'una volontà irresistibile. E lo aveva veduto arrossire, impallidire, tremare, commoversi sotto suoi sguardi, ed aveva riprovata la gioia suprema di sapersi amata. Ma ancora i giorni s'erano succeduti, e Giovanni non era andato da lei. Tornando dalla grande seduta quell'ultimo giorno, ardente d'entusiasmo, ardente d'amore per quel giovine dalla voce armoniosa e profonda che strappava lacrime ed applausi a tutti, la contessa aveva rotto ogni freno di riserbo femminile, e, nella sua impazienza, aveva scritto: «Perché non venite? Non sapete che vi amo?»

Quella lettera mise la febbre nel sangue a Giovanni. Dopo il lungo studio e la lunga fatica di quel processo che lo aveva occupato esclusivamente, si gettò con un ardore da assetato in quella festa d'amore che la fortuna gli offriva. Corse come un pazzo dalla contessa, dimentico dell'ora, delle convenienze, di tutto. Erano appena le undici del mattino. Fu introdotto in sala da pranzo, dove il generale e sua moglie stavano a colazione. Giovanni rimase istupidito come uno che si svegli improvvisamente da un bel sogno. Non gli pareva possibile che quella signora, seduta compostamente a tavola, che mangiava una bistecca discorrendo del più e del meno con quel marito vecchio, fosse la stessa eroina da romanzo che gli aveva scritto: «Non sapete che vi amo?» In un momento tutta la sua illusione inebbriante si dissipò, gli parve di aver delirato, e che non fosse vero nulla, e che dovesse trattare sempre quella bella donna come la trattava in quel momento davanti al conte. Quell'ambiente tutto impregnato d'odori di vivande, colla mensa coniugale, coi cerchietti dei tovaglioli marcati coi nomi dei due sposi, colle biancherie colle loro cifre, con una quantità di cosette di uso comune che li vincolavano, non era fatto per udire proteste d'amore, e le soffocava in gola. Un momento Giovanni pensò che quella lettera era stata un artificio per ottenere una visita che egli tardava troppo, e forse anche per ischernirlo di quel momento d'aberrazione, in cui egli s'era lasciato sfuggire quell'esclamazione stravagante: «Siete troppo bella!» Stette ad assistere alla colazione, comprendendo appena le domande che gli facevano sui particolari del processo, rispondendo lungamente come se, per giustificare in qualche modo la sua presenza a quell'ora, volesse persuadere il generale che era andato appunto per portare quelle nuove. Era imbarazzato di trovarsi là, e non sapeva come andarsene. Guardava la contessa e la vedeva così tranquilla, sorridente, felice, che non poteva più figurarsela tribolata da una grande passione. Senza dubbio il solo pazzo era lui. Finalmente il conte si alzò da tavola, porse la mano al visitatore, e, coll'aria rassegnata d'un uomo avvezzo a piegarsi alla volontà della moglie, domandò di uscire per fumare un sigaro: «Gemma non può tollerare l'odor di tabacco in casa». E se ne andò. Appena egli fu scomparso parve che l'ambiente della stanza si mutasse; la prosa era uscita con lui. La contessa, ritta accanto all'uscio che aveva chiuso dietro il generale, sembrava trasfigurata. Le sue pupille turchine mandavano lampi acuti come punte d'acciaio; tremava tutta. Giovanni le si fece incontro, e sentì che le parole d'uso, i saluti convenzionali non erano più possibili. S'erano compresi e spiegati troppo; erano due innamorati, soli per la prima volta, l'uno in faccia all'altra. Stese le mani in silenzio; Gemma gli porse le sue, e stettero così un momento colle mani strettamente congiunte, cogli occhi fissi, muti, palpitanti, inteneriti. Poi Giovanni se l'attirò accanto, la serrò in un abbraccio ardentissimo, silenzioso, mentre lei, sopraffatta dalla violenza dei suoi sentimenti, si abbandonava ad un pianto convulso.

Da quel giorno Giovanni e la contessa Gemma divennero inseparabili. Dovunque essa andava, si era certi di vederla accompagnata da lui. Alle sue serate, ai suoi pranzi d'invito il giovine avvocato era immancabile come uno della famiglia. Era difficile giungere prima di lui e partire dopo. Dal canto suo la contessa era assidua in tribunale quando Giovanni perorava qualche causa; si teneva al corrente di tutti i processi che gli erano affidati, e si gloriava dei trionfi di lui come d'una cosa che la riguardasse. Quel primo amore a trent'anni, nella pienezza del suo sviluppo fisico, della sua esperienza di donna, s'era rivelato alla prima imperioso, violento, intollerante d'ogni freno. Pareva che ella si compiacesse a far pubblica la sua relazione con Giovanni come per dire alla gente: «Badate, questo uomo è mio». Vivevano quanto più potevano insieme; in mezzo ad un circolo di conoscenti sapevano cogliere il momento per rivolgersi qualche parola sommessa, per isfiorarsi la mano nel porgersi una tazza di tè, nel leggere insieme un giornale. Davano appena, lui al lavoro, lei alle esigenze della vita elegante, il tempo e l'attenzione che erano strettamente necessari. Poi si cercavano, si rinvenivano, dimenticavano ogni cosa per assorbirsi l'uno nell'altra. Sovente, a tarda sera, uscendo dal teatro, si facevano condurre fino ai bastioni lontani di Porta Nuova, poi mandavano la carrozza ad aspettarli a Porta San Celso e facevano a piedi sulla neve quel lungo tratto di strada, rabbrividendo di freddo, stringendosi l'uno all'altra per riscaldarsi, correndo, parlando poco, beati di sentirsi uniti e soli e liberi nella misteriosa oscurità. Se per necessità di professione Giovanni doveva allontanarsi da Milano, la contessa scompariva al tempo stesso, e ricompariva soltanto quand'era tornato lui. Si dava appena la briga di immaginare una parente lontana che era stata a visitare in campagna, ma senza curarsi di farlo credere. Inventarono alcune di quelle follie temerarie che i giornali pettegoli amano di narrare, nascondendo male i nomi dei protagonisti sotto il trasparente *velo dell'anonimo*. Fecero l'ascensione del Monte Rosa vestiti tutti e due della medesima stoffa grigia, colla stessa cravatta, gli stessi stivaletti, lo stesso cappello di feltro ornato d'un pennacchietto e di una sciarpa bianca, gli stessi guanti. Sull'*alpenstok*, sotto il nome del picco e la data dell'ascensione, fecero incidere le loro iniziali riunite, e, lungo il viaggio, sugli *album* degli alberghi, s'inscrissero sempre come sposi in viaggio di nozze, mettendo accanto ai loro nomi delle frasi sentimentali. Un'altra volta andarono a Monte Carlo, giocarono fin all'ultimo soldo, e dovettero rimanere in pegno all'albergo finché Giovanni ebbe telegrafato a Milano, e gli fu spedito il denaro del ritorno. Il generale ignorava forse quelle spedizioni di sua moglie; oppure le conosceva, e si era rassegnato. Comunque fosse, la relazione della contessa col giovine avvocato non era un mistero per nessuno. Era una di quelle situazioni che la gente tollerante accetta malgrado la loro illegalità, che le persone ammodo tengono a distanza, ma a cui tutti finiscono per avvezzarsi. Anche i due amanti ci si avvezzarono, e dopo qualche tempo, esaurito il repertorio delle follie amorose, tirarono via ad amarsi tranquillamente come due sposi. Era un amore troppo sicuro e palese per creare situazioni da romanzo. Non c'era il mistero né la paura affannosa d'essere scoperti. Tutto procedeva liscio in quella passione spensierata e gioconda che si alimentava più di monellate che di sentimentalità languenti; era un amoretto più che un amore, e per questo durava. Tuttavia Gemma, sotto quell'apparenza giuliva d'amoretto galante, nutriva una forte passione nella quale aveva concentrata tutta la poesia d'un primo amore, tutto l'ardore dell'età matura. Mentre invece Giovanni, sedate le prime tempeste, s'era fatto de' suoi rapporti con la contessa una dolce abitudine, che lo riposava da' suoi lavori senza distrarnelo troppo, che non lo turbava con impazienze ardenti né con gelosie, che gli lasciava tutta la sua serenità di spirito. E gliene era grato, e le era affezionatissimo. Tratto tratto ripensava le sue lontane ambizioni di farsi ricco per strappare al signor Pedrotti il consenso di sposare Rachele. Ora era ricco, guadagnava cinquantamila lire all'anno. Ma quanto tempo c'era voluto! Fortuna che quella giovinetta non s'era impegnata ad aspettarlo. Ormai doveva essere maritata, e madre di famiglia. In certi giorni noiosi, monotoni, sospirava che anche lui avrebbe voluto esser padre di famiglia, e che invecchiava solo, e più tardi non avrebbe nessuno intorno per amarlo... Ma poi rivedeva la contessa, passava delle buone ore con lei, e non ci pensava più.

Così passarono degli anni, durante i quali la fama, la fortuna, la situazione sociale di Giovanni si consolidarono. Non era più un giovinotto; aveva trentacinque anni: era un uomo serio; si trovava alla testa di uno dei principali studi legali di Milano; possedeva un appartamento signorile; era decorato della croce dei Santi Maurizio e Lazzaro, ed era certo d'essere portato candidato alle prime elezioni. La contessa era sempre bella, e, con quella tenacità che è particolare alle donne, sempre innamorata. Finché Giovanni fu assiduo presso di lei, e devoto ai suoi desideri, fu felice anche lei di quell'amore sereno in cui tutto era piacere e diletto. Ma venne il tempo in cui anche le formalità della galanteria furono messe da parte, e, gradatamente, senza quasi avvedersene, Giovanni trascurò di mostrarsi innamorato, e lasciò troppo comprendere che considerava l'amore coll'occhio d'un uomo serio. «Questa» diceva, «è la parte privata della mia vita: non deve invadere il terreno della parte pubblica. Ho altri doveri: lo studio, il tribunale, gli affari, la politica. Debbo leggere i giornali, frequentare i circoli. Quando sono libero non domando di meglio che stare con te. Ma non posso passare le giornate a farti la corte. Sai che ti voglio bene...» La bella Gemma invece s'era fatta delle idee da romanzo; sognava la passione esclusiva ed eterna, non poteva rassegnarsi a quel cambiamento di Giovanni, ne cercava le cause, scriveva lunghe lamentazioni, e quando rivedeva l'amante, occupava le poche ore ch'egli poteva dedicarle a fare scene di risentimento e di gelosia. Giovanni, in realtà non aveva fatto nessun cambiamento. Egli, che l'aveva sempre amata ad un modo, e soltanto aveva smessa un po' la galanteria e le dimostrazioni a misura che era cresciuta l'intimità, non capiva di che cosa ella si lagnasse, la trovava esigente ed ingiusta. «Alla nostra età» le diceva, «non possiamo più abbandonarci alle follie amorose come due giovinetti». Quelle parole sembravano crudeli alla contessa. Si disperava ch'egli la trovasse *vecchia*. «Ecco» diceva, «è per questo che non mi ama più». E si torturava di gelosia se egli avvicinava una donna più giovine di lei. Giovanni ci metteva della buona volontà per renderla contenta; tornava studiatamente alle frasi amorose, si metteva in ginocchio, le baciava le mani. Ma era troppo uomo per non avere un certo sussiego in società: ed in presenza della gente ripigliava il suo contegno serio che affliggeva tanto Gemma. «Debbo farlo per rispetto alle convenienze» diceva, «per rispetto a te stessa». Ma lei, che ripensava sempre con rimpianto il tempo in cui egli pure non si curava di quel rispetto, non rinunciava alla speranza di vederlo rinascere, ed insisteva a cercare la causa che rendeva freddo il suo amante. Più d'una volta lo mise nell'imbarazzo frapponendosi tra lui ed una supposta rivale. Una sera, mentre egli si disponeva ad accompagnare al pianoforte la giovine sposa d'un suo amico che doveva cantare una romanza, la contessa dichiarò che stava male, che aveva bisogno di ritirarsi immediatamente perché si sentiva svenire, e obbligò Giovanni ad uscire per ricondurla a casa, prima che la signora avesse potuto cantare. Giovanni uscì irritatissimo, ed appena fu solo in carrozza con lei si lagnò che lo rendesse ridicolo con quelle scene. Ne seguì una lite aspra, che durò per tutta la strada, poi un lungo malumore, uno scambio di lettere desolate, supplichevoli, umili da parte della contessa, fredde da parte di lui, e finalmente una riconciliazione stentata. Così tirarono avanti del tempo ancora, un po' in pace, un po' in guerra, ritrovando tratto tratto qualche raggio della passata felicità, illudendosi d'averla ricuperata, poi ricadendo nelle liti, nei malumori per una puerilità, per un saluto che Giovanni rivolgeva ad un'altra, per un atto di poco riguardo verso Gemma. Nell'inverno una signora, artista di canto, che aveva una lite con un impresario teatrale, andò a consultare l'avvocato Mazza e gli affidò la sua causa. Giovanni dovette recarsi più volte da lei per avere informazioni ed istruzioni. Era una bella donna e la gente pettegola non perdette l'occasione di ciarlare a proposito di quella nuova relazione dell'avvocato. La contessa divenne inquieta, sospettosa, pazza di gelosia. Pretendeva che Giovanni rinunziasse a quella causa. Implorava questo come una prova d'amore, e non poté ottenerla. Giovanni era infastidito di quelle esigenze strane, e diventava meno condiscendente ogni giorno. Fu un tristo carnovale per la contessa, che si sentiva trascurata, e vedeva con dolore il suo amante sfuggirle a misura ch'ella metteva più passione e studio per trattenerlo; sfogava il suo malcontento in dispettucci meschini che inasprivano tutti e due. Una sera in teatro uscì improvvisamente dal palco a metà dello spettacolo perché Giovanni aveva salutata la sua cliente, che era nel palco di contro. Poi venne la quaresima; non c'erano più spettacoli teatrali, e poteva meno sorvegliare Giovanni. Se non andava da lei, se non lo incontrava in qualche casa di comuni amici, si figurava che fosse dalla cantante; nessuna ragione valeva a persuaderla del contrario. Giovanni finì per impazientarsi e non iscusarsi più. Allora ella s'abbandonò ad una vera persecuzione contro l'artista. Fece inserire degli articoli malevoli sul suo conto in un giornale teatrale, e giunse persino a scriverle delle lettere anonime, accusandola di fingere una lite per sedurre un avvocato illustre e ricco. Giovanni, a cui la cantante comunicò quelle lettere, rimase male; s'irritò della situazione ridicola in cui lo metteva la contessa, e nel suo giusto sdegno le rimproverò acerbamente la sua ignobile azione. Fu la crisi decisiva che doveva rompere quella relazione già troppo prolungata e violenta. La contessa, quando si vide abbandonata, nella sua gelosia insensata, non pensò che a ravvivare l'amore di Giovanni rendendo lui pure geloso. E si fece vedere in pubblico accompagnata da un giovinotto che la corteggiava da qualche tempo, ed ostentò di trattarlo con confidenza, di accordargli delle libertà che lasciavano supporre relazioni molto intime fra loro. Giovanni lo vide, e ne provò un profondo disgusto; ma non fu geloso, non andò a rimproverare alla bella infedele la fede tradita, non scrisse lettere disperate. Il suo cuore s'era fatto freddo per lei e rimase freddo. Allora, nella sua nervosità febbrile, la contessa si abbandonò davvero ad un amore che non sentiva, per vendetta, o per dispetto, o per amor proprio, o per tutte e tre le ragioni unite; ed, eccessiva in tutto, prese una risoluzione pazza, che annunciò lei stessa a Giovanni, in un'epistola insensata e crudele. Forse prese quella risoluzione unicamente per scrivere quella lettera.

Vi avevo giudicato troppo bene — diceva per concludere una serie di periodi amari e pungenti —. E voi non meritate il mio amore. Finché aveste bisogno d'una relazione nella società alta per farvi strada, fingeste d'amarmi. Ora che avete una situazione, mi abbandonate come un ingrato. Ma non vi state a figurare d'avermi avvilita col vostro disprezzo, e ch'io debba passare il resto de' miei giorni a rimpiangervi; non siete degno di tanto. Se voi non mi trovate più *troppo bella*, e neppure bella a sufficienza per riscaldare il vostro cuore d'uomo positivo, c'è chi mi trova ancora bastantemente bella per consacrarmi tutta la sua vita, per sacrificarmi la sua posizione come voi non avete saputo sacrificarla mai, per sfidare l'opinione del mondo, il vostro idolo. Siate felice colla vostra conquista da palcoscenico; io cercherò di dimenticare, nell'amore d'un uomo generoso, un altro che non lo fu mai...

Prima che Giovanni ricevesse quella lettera violenta e verbosa da amante offesa, tutta Milano parlava della fuga della contessa Gemma col suo nuovo amante. Quella vendetta mostruosa di passare freddamente, e per pura pazzia gelosa, da un uomo che amava ad un indifferente, finì di disgustare Giovanni; si sentì deluso, oltraggiato, diffidò della dignità umana. Certo, nel suo amore per la contessa, non aveva mai posta molta idealità. Aveva subito il fascino della bellezza, dell'eleganza. L'aveva conosciuta quando egli era nel completo sviluppo della sua gioventù, dopo una vita di privazioni, e col cuore e la fantasia eccitati da un lungo amore contrariato. Aveva ceduto alle tendenze della sua età, ed era stato felice ed infelice con quella donna, senza averne un alto concetto morale, curandosi appena del suo animo, del suo carattere. Era certo di non trovarsi mai nel caso di darle il suo nome, e s'appagava di trovarla bella, spiritosa, ammirata. Era un'amante che lusingava il suo amor proprio, che lo rendeva felice e lo manteneva di buon umore, senza che egli la mettesse nel suo pensiero al disopra di tutte le donne. E tuttavia, la sua parte di vanità umana non gli avrebbe mai permesso di credere che la donna amata da lui potesse scendere tanto in basso. E quando dovette riconoscerlo, dubitò di tutte le donne, pur di non credere che gli era toccata appunto la peggio. E, mentre, non amando più la contessa, non provava alcun dolore nel perderla, si sentiva desolato, infelice, solo. Era la sua ultima illusione che la bella fuggitiva s'era portata con sé; ed era quella che egli rimpiangeva. Ebbe un momento di aberrazione, in cui si buttò a corteggiare disperatamente la sua cliente artista di canto, come per ravvivare con un'altra passione, o apparenza di passione, i sentimenti che si sentiva morire nell'anima. Ma quella giovine era talmente avvezza ad essere corteggiata, che trovò naturale di esserlo da lui, e non ne fece caso. Soltanto quand'egli volle spingere le cose più innanzi, gli disse netto netto che, in quel momento, aveva una *relazione di cuore*. Era facile capire che, senza quella circostanza, avrebbe accolte ad ogni modo le sue profferte, quand'anche la sua relazione con lui non avesse potuto essere di cuore. Fu una nuova amarezza per Giovanni.

Egli si trovava appunto in quell'età in cui l'esperienza della vita è completa. Aveva provate tutte le illusioni poetiche della gioventù. Poi ne aveva compresi gli errori, aveva imparato a considerare il mondo dal suo lato più positivo, a riguardare come sogni giovanili i sentimenti puri, le passioni disinteressate, a prendere il mondo dal suo lato piacevole e gaio. Ed ora, anche di questo secondo apprezzamento comprendeva gli errori, e, fatto il confronto, si persuadeva che gli errori di prima erano preferibili. E ricordava con rimpianto il nobile ardore che lo infiammava altre volte per le prime cause sostenute, il lavoro fervente ed amoroso del giorno, le veglie, impazienti d'altro lavoro e d'altre scoperte. Ora le cause affluivano al suo studio senza procurargli nessuna gioia. Le esaminava coll'occhio freddo e sicuro dell'esperienza, le sosteneva senza eccitazioni, senza lacrime, qualche volta senza metterci neppure interessamento. Ricordava il suo punto di partenza. Un'estrema povertà, ed un grande amore. E ricordava la meta che s'era prefissa. La gloria e la ricchezza, sempre per quell'amore. Ora aveva ottenute la ricchezza e la gloria; ma l'amore lo aveva perduto per via. Forse, se, appena conseguita una situazione onorevole ed agiata, si fosse affrettato a domandare Rachele, sarebbe giunto in tempo prima che altri l'avesse ottenuta. Ma allora le mille curiosità della vita cittadina lo spronavano per un'altra via; la poesia serena di quell'amore verginale, la pace del matrimonio non l'avrebbero reso felice; avrebbe portate nella calma della vita coniugale le febbri ardenti del suo cuore giovine, le aspirazioni illusorie della sua inesperienza. C'eran voluti la vita burrascosa del mondo galante, gli amori adulteri ed avventurosi, per appagarlo, e restituirgli la pace; e lo avevano, più che appagato, saziato, deluso. E lo lasciavano malcontento di sé, sfiduciato degli altri, solo, senza speranze, col cuore assiderato. Furono i giorni più tristi della sua vita. Nel suo quartierino elegante, o nei salotti aristocratici dov'era accolto, ripensava con invidia il mezzanino del fornaio, l'assito mal connesso. Nell'aula affollata del tribunale, fra ammiratori, giornalisti, stenografi, che pendevano dalle sue labbra, fra gli applausi e le lodi, ripensava la sua prima arringa fatta agli zoccoli appesi nella sua stanza; ed avrebbe voluto tornare a quei tempi, povero ed ignorato, pur di avere ancora la speranza e la fede d'allora in quel trionfo che, conseguito, lo lasciava freddo. Non aveva fatto nulla di tanto anormale che dovesse rimproverarsi. Giovine e libero, aveva seguite le inclinazioni naturali della sua età. Ognuno al suo posto avrebbe fatto altrettanto. Ma gli doleva che le inclinazioni naturali fossero così; s'accorgeva troppo tardi che la prima strada era la buona; ed avrebbe voluto riprenderla; ma ormai non era più in tempo.

La seconda festa di Pasqua ricevette un invito per una festa da ballo; e per abitudine vi andò. Si era fatto talmente alla vita elegante, era egli stesso così raffinato, così gentiluomo, e così uomo di mondo, che si trovava nel suo centro nelle sale sfarzose e nelle società delle belle dame, degli uomini illustri, dei diplomatici, degli artisti celebri, della nobiltà eletta. Da qualche tempo non danzava più, non giocava, non si divertiva; ma era nel suo ambiente. Quella sera era più triste del solito, e s'era messo a discorrere di politica con un vecchio senatore. Nel più bello d'una discussione seria sul macinato, che era allora la questione più interessante, il senatore sorrise da lontano a qualcuno, che poi s'avvicinò a salutarlo. «Il conte Tale; uno dei nostri futuri diplomatici...» disse il vecchio presentando a Giovanni il nuovo venuto, un giovinotto sui venticinque anni. Giovanni balbettò una delle solite frasi: «che era fortunato di fare quella conoscenza». «Ma la nostra conoscenza non comincia ora» rispose il giovinotto; «e se non mi sbaglio data per lo meno da sedici anni». Giovanni lo guardò attentamente, ma non lo riconobbe. «Non avevo che otto anni allora» riprese il giovine sorridendo. «E quand'ero invitato a pranzo mi mettevano alla tavola dei bambini...» Allora Giovanni si risovvenne del nome di quella famiglia, e riconobbe uno de' suoi piccoli commensali di casa Pedrotti. Tutta quella scena fresca, quell'ombra estiva, quelle mense signorili, quei vecchi barbassori, quella giovinetta bionda, gli si ravvivarono al pensiero come in quel giorno lontano; e stringendo le mani con effusione al suo nuovo conoscente esclamò: «Come mi fa piacere! Come mi fa piacere!» Era vero; gli faceva un grande piacere quel ritorno sul passato. L'imbarazzo che aveva provato allora, i suoi risentimenti feroci contro gli orgogliosi mecenati, la paura d'avvilirsi che lo rendeva scontroso, si erano dissipati per sempre colle circostanze che li avevano suscitati, colla gioventù che non torna. Quel quadro remoto di agiatezza e di pace gli appariva nella luce simpatica che gli dava l'esperienza de' suoi trent'anni, raggiunti traverso un lungo periodo d'avventure e di disinganni. Non si figurava d'esser laggiù ragazzo, seminarista, selvatico e disprezzato come era allora; ma nelle sue circostanze attuali, col suo bel nome, la sua sicurezza, e l'anima stanca anelante alla quiete. Gli rinacque in cuore tutt'ad un tratto una grande tenerezza pel suo paese patriarcale, per le sue colline verdi, pel vasto giardino del castello, e pei muraglioni neri che lo ombreggiavano. Tutto codesto gli parve bello e grandioso e pittoresco; e pensava che sarebbe stata una delizia di ritirarsi là, e di vivere in pace... S'impadronì del giovine diplomatico, e pel rimanente della serata se lo tenne al braccio, interrogandolo su Fontanetto e sulla gente ch'egli vi aveva lasciata. Quel giovinotto aveva dei ricchi possedimenti in paese, e vi faceva una corsa ogni anno, per cui era bene informato. Il signor Pedrotti era morto di gotta da parecchi anni e Rachele aveva continuato a vivere solitaria nel suo vasto castello. Né prima della morte del padre né poi, non aveva voluto saperne di prendere marito. L'aveva domandata l'ingegnere X di Maggiora, che era divenuto famoso fra gli architetti di Roma. Poi le avevano proposto il figlio d'Ipsilonne, quel possidente proprietario di quasi tutto il territorio di Fontanetto e Cavaglio e Ghemme, tanto ricco che lo chiamavano il Rotschild d'Italia. Poi era tornato a stabilirsi in paese quel fabbricante di violini, figlio della Tognina la mugnaia, il quale s'era fatto un patrimonio colossale ed un'educazione in America, e anche lui aveva offerto la sua mano ed il suo cuore ed i suoi milioni ed i suoi violini alla signorina Pedrotti; ma lei aveva rifiutati tutti. Alcuni dicevano che avesse un amore segreto, altri la credevano bigotta. Giovanni, nella disposizione di spirito in cui si trovava da qualche tempo, preferì la prima supposizione: che Rachele coltivasse un amore segreto nel cuore. Infatti perché non ammettere che avesse aspettato lui? Quando era partito da Fontanetto era certo che lo amava. Alla prima s'era lasciata intimidire dall'autorità del padre, e non aveva osato scrivergli né fargli una promessa contro la volontà espressa di lui. Ma col tempo aveva trovata la forza di resistere; dopo aver rifiutata una prima proposta di matrimonio, aveva capito che le era possibile, persistendo in quella via, restar fedele al suo primo amore senza mettersi in aperta ribellione con suo padre. Si sapeva amata, aveva fede nel suo innamorato, e rimaneva fanciulla per aspettarlo.

Quella sera Giovanni, rientrando presto dalla festa, portò nel suo quartierino da uomo ricco, tutta la poesia de' suoi vent'anni. Salì le scale canticchiando la vecchia romanza della segretaria di Fontanetto, dimenticata da tanti anni, e che gli era tornata in mente coi ricordi del suo paese:

«Non mi chiamate più biondina bella,
Chiamatemi biondina sventurata...»

Entrò nelle sue stanze col passo forte e la fronte alta, sorridendo come un giovinetto che torni dal primo convegno d'amore. Non aveva fin allora nessuna idea precisa, ma si deliziava nella dolcezza delle memorie; aveva la visione d'un paesaggio verde, d'un grande isolamento, d'una pace soave nella quale egli s'abbandonava all'ebbrezza d'un lungo idillio. E sorrideva al vuoto dinanzi a sé, come se dicesse: «Ora ho trovato il mio pezzettino di paradiso; il mondo non mi gabba più». Si buttò a sedere nella poltroncina accanto al letto, e cominciò a svestirsi lentamente, distratto da quei nuovi pensieri sereni, cercando collo sguardo i pochi mobili dell'eredità paterna che non aveva relegati cogli altri sul solaio, contemplandoli con amore, evocando da ciascuno una memoria, una persona, una scena d'altri tempi. E tutte queste cose, nel riapparire alla sua mente dopo tanti anni, si erano spogliate delle amarezze che le avevano accompagnate altre volte. Rivivevano soltanto nella loro parte bella, come le farfalle, che nel risorgere abbandonano la forma ingrata e lo strisciamento del bruco. Giovanni vi fissava sopra il pensiero intenerito.

Quando fu coricato, prese il libro che era avviato a leggere; una relazione dei processi famosi di Londra. Ma quella sera le birbonate della grande capitale dell'Inghilterra non lo interessavano punto. Balzò dal letto, andò ad aprire la libreria, ed in punta di piedi, col lume alzato quant'era lungo il suo braccio, si mise a cercare nel piano più alto, dove teneva le opere letterarie, che non erano la sua lettura abituale. Ad un tratto fissò gli occhi sopra un volume ricoperto di marocchino rosso, lo prese vivamente come se avesse trovata una cosa smarrita e cara, e tornò a coricarsi lasciando la libreria spalancata. Era la seconda edizione dei *Promessi Sposi* che, tanti anni prima, aveva prestata a Rachele. Era il libro che aveva ridomandato al momento di abbandonare definitivamente il suo paese, nella speranza di trovare fra quelle pagine una promessa implorata, e che gli era tornato senza una parola, portandogli invece una delusione. Se allora vi avesse trovata quella promessa, sarebbe venuto a Milano vincolato da una parola d'onore; e non avrebbe badato ad altro che a mantenerla ad ogni costo. Appena fosse stato nella condizione di farlo senza paura di nuove umiliazioni, sarebbe corso a ridomandare la sua fidanzata; e la sua vita avrebbe preso tutt'altro indirizzo. Ora si troverebbe da parecchi anni ammogliato, alla testa d'una famiglia, e quel triviale disinganno della contessa non l'avrebbe avuto. Egli pensava queste cose colla rapidità vertiginosa con cui si pensa, mentre andava sfogliando quel volume, nel quale aveva fatte delle note in margine, degli appunti, dei segni che gli richiamavano tante memorie giovanili. Ad un tratto, nel voltare un foglio trovò una lettera. Una lettera un po' sucida, un po' gualcita ma ancora suggellata nella sua busta. Si sentì tutto rabbrividire, e gli prese un tremito, un batticuore, come se avesse veduto ricomparire un morto.

Era la scrittura di Rachele. Era la lettera implorata tanti anni prima; era la promessa che avrebbe dato tutt'altro indirizzo alla sua vita. E non l'aveva trovata allora! La aperse agitatissimo, colle mani tremanti, colla mente ottusa. Gli pareva di essere appunto ancora a quell'epoca remota, e di stare aspettando, coll'angosciosa ansietà d'allora, quella sentenza che doveva decidere del suo avvenire. Erano poche parole: «Non mi metterò in ostilità con mio padre per esser tua (perdona questa debolezza al mio cuore di figlia). Ma non isposerò mai altri che te. Lo giuro». Giovanni rimase sbalordito, convulso. Era certissimo che quella lettera non era nel libro quando la Matta glielo aveva riportato. «Quella stupida donna!» pensò. «L'avrà tolta fuori per la curiosità di cercare gli o sulla soprascritta. Poi l'avrà rimessa a posto troppo tardi». E si ricordò con una lucidezza fenomenale tante circostanze che gli erano sfuggite allora. L'improvviso voltarsi della Matta per evitarlo quand'egli era andato, nella sua impazienza amorosa, ad incontrarla per via; il suo imbarazzo, la resistenza a dargli il libro, l'insistenza con cui reclamava ancora di portarlo lei quand'egli lo avea già ripreso; e finalmente l'averla trovata nella sua camera col libro in mano quand'era salito l'ultima volta per pigliare il baule. Coll'abitudine delle induzioni e delle ricerche acquistata nella sua lunga carriera legale, tutto questo gli risultò chiaro, e disse: «Allora aveva riposta la lettera nel volume». E si perdé a fantasticare da che piccole cause dipendono i nostri destini; e che cosa sarebbe stato di lui, se da bambino non gli fosse venuta l'idea di insegnare ad una serva scema le lettere dell'alfabeto... E tutto quel romanzo alla Dickens d'amor puro, di gioie intime, di vita casalinga che sarebbe stato la sua vita senza quella circostanza affatto casuale, gli si presentò alla mente, e gli parve un sorriso di cielo. Si fermava con compiacenza su certi particolari d'una dolcezza calma e serena, su certe scene tenerissime d'un amore senza lotte, senza vergogne, senza paure. E tutto codesto gli appariva tanto più bello, quanto più era differente dall'esistenza avventurosa e dagli amori burrascosi che lo avevano disgustato. A forza di fissarsi su quel pensiero, il rimpianto del tempo passato si dissipò. La gioia, la fede, l'amore gli rinacquero nell'anima. Infatti non gli avevano detto quella sera stessa che Rachele aveva rifiutate tutte le offerte di matrimonio? Ecco. Era appunto, com'egli pensava poc'anzi, per amor di lui. Aveva mantenuto il suo giuramento; l'aveva aspettato. Ed egli era libero, e l'amava più che non l'avesse amata mai. Cosa importava che quella lettera non gli fosse pervenuta? Che egli avesse ignorata la fedeltà generosa di lei? La situazione era la stessa; ritardata di parecchi anni, ma non alterata. Rachele era buona ed intelligente; era onesta, incapace di menzogne. Da lei non avrebbe mai a temere una bassezza né un atto sleale. Vegliò, vegliò a lungo, pensando a lei. Non poteva più essere una giovinetta. Doveva avere, poco più, poco meno, l'età della contessa: ma la contessa era piacevolissima, giovine ancora, e per lungo tempo. Rachele era bella e bionda come lei, ma i suoi lineamenti erano più regolari. Era certo di trovarla ancora più bella nel suo pieno sviluppo di donna. Se la figurava più alta, un po' più tondeggiante che a diciotto anni, e più disinvolta, più spiritosa, colle maniere cordiali ed espansive che si acquistano cogli anni e coll'abitudine del mondo. Aveva fin da giovinetta molta grazia naturale, un gusto fine, un'eleganza di modi, ed un'intelligenza... Doveva essere ormai una donna affascinante. Ed era orfana; l'avrebbe accolto sola, coll'ospitalità d'una castellana. Dopo tanto tempo forse non lo sperava più. Che commozione doveva provare al rivederlo! Doveva essere una scena da medio evo, rappresentata da una bella donnina moderna e da un *lion*. Si figurava di giungere a cavallo, sollevando un nembo di polvere, e di vedere la sua dama salita sull'alto della torre come la moglie desolata di Malbourough, *pour voir s'il reviendra*. S'addormentò in mezzo a quelle fantasie rosee, e sognò sogni di poesia e d'amore.

La mattina si alzò presto, impaziente di correre a Fontanetto, di rientrare in quel romanzo d'amore giovanile e puro, di portare quella *sorpresa di piacere* alla donna onesta e fedele che lo aveva aspettato. Ma dovette occupare molte ore a riordinare le cose sue, a dare le disposizioni necessarie perché i suoi sostituti potessero supplirlo nello studio durante la sua assenza. Soltanto nel pomeriggio poté partire. Quanto poteva stare assente? Non lo sapeva, non volle dirne nulla. Andava incontro a tali gioie, che voleva esser libero d'abbandonarvisi senza misura di tempo, senza sopraccapi d'affari. Alla stazione di Novara dovette aspettare circa un'ora il treno per Borgomanero. Si ricordò come gli era sembrato bello altre volte il caffè della stazione. Appunto nella primavera era il ritrovo del mondo elegante di Novara. A Fontanetto se ne parlava come d'un luogo di delizie. Chi ne tornava, raccontava per un pezzo il lusso della sala, le cornici dorate ed i grandi specchi, i mobili di velluto, il marmo candidissimo delle tavole ed il sontuoso *buffet* apparecchiato con ogni ben di Dio. E poi si facevano descrizioni enfatiche dell'eleganza sfrenata delle signore, che nel pomeriggio di estate stavano ad udire la banda dai tavolini esterni nel giardino del caffè, mentre prendevano un gelato. Questa volta invece Giovanni si sentì soffocare entrando in quella piccola sala, che era rimasta fin allora senza riforme dopo la sua inaugurazione. I mobili di velluto di lana erano scoloriti, ed andavano perdendo il pelo come teste di vecchi. Le cornici dorate erano annerite e scrostate malgrado la mussola rosa ingiallita che le ricopriva. Sugli specchi migliaia di generazioni di mosche avevano depositate tante traccie che il viso vi si rifletteva cosparso di puntolini neri come dopo una malattia di vaiuolo. Il marmo delle tavole era deturpato da scritte e figure stupide. Era una rovina, tanta rovina, che poco dopo venne rimesso a nuovo ed ampliato, per farne una sala *confortable*. Al banco stava una giovine, a cui due giovinotti maturi, tra il cittadino ed il campagnuolo, facevano dei madrigali che ella accettava come roba che le fosse legalmente dovuta. Se ne stava impettita nel busto con una vitina sottile sottile da perderne il fiato: ed il capo, ornato da una pettinatura piramidale, liscia e simmetrica da parrucchiere, troneggiava dietro due piramidi di scatole da biscottini che ingombravano i due lati del banco. Di fuori un organetto suonò una polka, e la giovine caffettiera, con quella mania sfrenata pel ballo che distingue le provinciali, corse a pigliare un'altra ragazza in cucina, ed uscì a danzare con lei sotto il porticato della stazione, sbirciando i suoi due galanti, e ridendo colla compagna in modo provocante ad ogni osservazione un po' temeraria che essi facevano sulla sua persona. Poi cominciarono a giungere alcune famiglie borghesi; le signorine camminando innanzi coi vestiti chiari, ed i cappellini più stravaganti dei figurini di moda, il babbo e la mamma pochi passi indietro. Alcune giovani spose, in gran lusso, con molti gioielli, sfoggiando le ultime mode con più esagerazione che le signorine. Finalmente dei giovani eleganti che salutarono con un cenno la bella caffettierina, senza togliersi il cappello per non farsi scorgere dalle signore. uella non era la società scelta di Novara; era la piccola borghesia; ma era quella appunto di cui si parlava molto a Fontanetto, dove si diceva *una Novarese* come in un villaggio del Poitou si direbbe *una Parigina*.

Giovanni guardava quelle scene di provincia, e sorrideva tra sé dell'impressione che gli avevano fatta nella sua prima gioventù, e si abbandonava alle riflessioni di circostanza. «A misura che ci veniamo raffinando, avvezzandoci al benessere, al lusso, a tutte le delicatezze della vita signorile, ci rendiamo più difficile l'esistenza, perché soffriamo se ci troviamo in una cerchia meno eletta di quella in cui viviamo; troviamo tutto meschino, tutto brutto, tutto ridicolo, a torto ed a ragione, e non siamo mai contenti... Cos'aveva guadagnato lui diventando un personaggio ricco ed illustre? Di stare a disagio in quello ed in altri luoghi che altre volte l'avevano abbagliato addirittura...» Per fortuna il treno stava per partire, ed il sermone fu interrotto. Giovanni prese un *coupé* per esser solo e comodo, si sdraiò sul sedile, e, coll'occhio fisso sul vasto piano verde che gli si stendeva dinanzi traverso la vetrata, pensava Rachele, la sua visita, il loro incontro. Si ricordava benissimo il disegno grandioso del castello, le sale vaste dalle volte immense, dai cornicioni a bassorilievo; i mobili di lusso. Rachele, che aveva ricevuta un'educazione fine, aveva certo saputo mantenergli il suo carattere antico. Ma lei era moderna, e doveva essersi fatto un nido più simpatico. Si figurava un salottino un po' piccolo, con dei mobili piccoli, delle poltroncine basse e morbide, delle sedie a dondolo, dei piccoli divani turchi, dei tavolini di lacca, un pianoforte, una tavola da lavoro ingombra di ricami e di fiori; dei begli arazzi antichi drappeggiati artisticamente da un lato della parete, delle statuine di terra cotta, delle mensole di ceramica, una pelle di tigre, un tappeto turco, una scrivania aperta con tanti oggetti di bronzo artistico, calamaio, tagliacarte, premicarte, portapenne, tutte le inezie costose e belle che sa trovare il buon gusto delle signore. E dei libri, i libri moderni, che una donnina intelligente si fa mandare dal suo libraio man mano che escono. E dei fiori sulle tavole, sulle mensole, nelle giardiniere di ferro a rabeschi addossate alle finestre, dei fiori da per tutto. Ed in mezzo a quell'eleganza semplice e di buona lega, Rachele, vestita con uno di quegli abiti neri o scuri, tagliati col garbo inimitabile delle sarte più rinomate, che disegnano le forme senza stringerle, che adornano senza sfarzo, e senza impacciare i movimenti della persona. Colla sua ricchezza le era stato facile di procurarsi tutti i raffinamenti delle dame cittadine; vivendo in quel castello isolato aveva potuto mantenersi esente dal pettegolismo, dalle grettezze, dalle ridicolaggini delle donne di provincia. Egli conosceva una signora che viveva da parecchi anni in una sua villa della Brianza, ed era una delle donne più attraenti che frequentasse. La trovava sempre in una serra di cui aveva fatto il suo salotto da lavoro. Una grande vetrata che occupava il posto di tutta una parete apriva sulla campagna, chiusa in lontananza dalle montagne rocciose ed irte del lago di Lecco. Le altre pareti ineguali, formate di *tufi* su cui crescevano delle felci, dei licopodii, delle edere, ogni sorta di sempre verdi, davano l'illusione d'una grotta naturale, alla quale si fosse applicata semplicemente quella vetrata per abitarla anche l'inverno. Accanto alla serra c'era il salottino; e là quella dama giovine, bella ed elegante, viveva solitaria tra i fiori, la musica, i libri, vedendo appena qualche amico ogni tanto, scrivendo delle lunghe lettere piene di spirito, passando la sera con pochi conoscenti, spesso uno solo, che venivano da Milano per vederla; senza teatri, senza feste. I suoi discorsi avevano sempre un'elevatezza speciale, perché erano scevri da qualsiasi personalità. Il tempo che non perdeva nelle visite e nelle corse come si fa a Milano, le rimaneva tutto libero di dedicarlo alle letture, alla musica, al disegno; e dal suo stesso isolamento traeva una certa indipendenza dai pregiudizi e dalle convenzioni sociali, che le dava una superiorità sulle donne comuni. Giovanni si figurava Rachele così, e pensava che conducendola a Milano, dove egli doveva continuare a stare in causa della sua professione, non le lascerebbe frequentare che le signore più ammodo, d'un'educazione squisita, d'una riputazione immacolata. Ed invocava le immagini di quelle sposine del gran mondo che lo accoglievano amichevolmente nei loro salotti; e si compiaceva di immaginarsi la sua sposa a far parte di quel gruppo eletto, ed a figurarvi al pari e meglio delle altre.

Alla stazione di Borgomanero prese un carrozzino per Fontanetto. Era domenica, e quando vi giunse era l'ora della benedizione. Le strade erano deserte. Il castello nereggiava in lontananza co' suoi muraglioni vecchi ed il largo fossato. Era la sola cosa che avesse conservato l'aspetto solenne d'altre volte; era la dimora signorile che conveniva alla sua bella castellana. Tutte le finestre erano aperte per lasciar entrare l'aria profumata della primavera, ma non ci si vedeva nessuno affacciato, non c'era movimento, pareva un maniero disabitato. Infatti, quando Giovanni scese dal carrozzino, tutto freddo e pallido per la commozione, e bussò al portone, il giardiniere che venne ad aprirgli disse che la signora era alla benedizione. Giovanni lasciò andare la carrozza, e s'avviò a piedi verso la chiesa. Il sole era tramontato, ma c'era sempre quella bella luce chiara ed uguale dei lunghi giorni di primavera, che non hanno serata. Tutta la campagna era verde, del bel verde lucido e fresco dell'aprile, e l'aria era leggiera e profumata. Tuttavia Giovanni si trovava un po' perduto in quel paese silenzioso, con tutti i portoni chiusi, che pareva un paese di morti. Si ripeteva ancora ed ancora che era l'ora dei vespri, che tutti erano in chiesa; ma che dopo le funzioni e prima, le case erano abitate, e nelle contrade circolava la gente. Avvicinandosi alla chiesa, udì il canto alto e stonato del *Tantum ergo*. Dovevano star poco ad uscire. Si mise a passeggiare di fuori aspettando. Era veramente strano di vedere quella bella figura da gentiluomo su quel rustico sagrato di villaggio. Da tutta la sua persona traspariva la lunga abitudine del lusso e della ricchezza. Nella furia di partire non aveva pensato a provvedersi una toletta da viaggio, e la sua vestitura da città, lucida, scura, attillata, le scarpine scollate, le calze di seta a colori, i guanti di pelle del Tirolo, stonavano in quella scena campestre. La chiesa era affollata e la porta era aperta. Molti devoti, che non erano giunti in tempo per prender posto di dentro, erano inginocchiati fuori sul sagrato. Appena alcune donne s'avvidero di quel bel signore, urtarono col gomito le vicine, si misero a ridere, poi tornarono a sbirciarlo ripetutamente, e tornarono a ridere fra loro, guardandosi e dimenticando di cantare. Gli uomini intanto, avvisati da quella mimica, si voltavano colla bocca spalancata nello sforzo del canto, e fissavano lungamente quel nuovo venuto, mandandogli contro le note rauche, come se fosse lui il Padre Eterno dal quale imploravano il raccolto, nel suo stravagante linguaggio latino che non capivano. Finalmente tacquero. S'intese la voce del prete dire *l'oremus*, poi tutti chinarono il capo, si sparse intorno un buon odore ed un fumo denso d'incenso, vi fu un momento di silenzio profondo, poi, senza organo, senza canto, sorse la voce baritonale del parroco a dire: «Dio sia benedetto!» E tutti risposero: «Dio sia benedetto!» E per una decina di minuti s'udì il cinguettio alto ed ingrato dell'orazione di Pio Nono, come il gracchiare d'un volo di cornacchie. Poi i contadini cominciarono ad uscire pigiati e lenti, parlucchiando tutti del bel signore di Novara, che era arrivato durante le funzioni e non s'era inginocchiato, e non aveva fatto il segno della croce: «Quella Novara era una Gomorra, un centro di corruzione, uno scandalo. Non era per nulla che ogni anno c'erano tempeste, o siccità, ed i raccolti andavano male, ed i bachi pure. I proprietari non avevano più religione, e il Signore li castigava, ed intanto i poveri contadini non avevano da mangiare; pativa il giusto pel peccatore...» Le donne non la pensavano tanto lunga, e s'accontentavano di dire: «Hai visto gli scarpini lustri? Oh! Ha le calzette di seta. Ha la pezzuola col ricamo come una signora» e nel passargli vicino si accorsero che aveva buon odore; e risero nascondendosi l'una dietro l'altra. Soltanto i bambini, che non si pigliano tante soggezioni, gli facevano cerchio intorno, e, col capo rovesciato indietro fin sulla nuca, e le mani dietro il dorso, stavano a guardarlo fisso, come se fosse uno spettacolo messo là per divertirli. E, man mano che ne sopraggiungevano di nuovi, davano spinte di qua e di là per entrare nel cerchio che i primi avevano fatto intorno al signore, e, se questi tenevano sodo, dicevano rinnovando le gomitate: «Fammi un po' di posto. Vuoi veder tu solo?»

Le ultime ad uscire furono le signore. La moglie del farmacista, una donnina bruna, piccina, la quale era sempre stata tanto scarsa di capelli e di denti, e tanto incartapecorita, che il tempo le era passato sopra senza poterle fare gran danno; la segretaria che non si sarebbe potuta più chiamare né *biondina bella* né *biondina sventurata,* perché era tutta incanutita, ma che camminava sempre solennemente, diritta, colla testa alta ed il viso arcigno, mentre discorreva con due giovinette di cose affettuose; quelle due giovinette cresciute troppo di recente perché Giovanni potesse conoscerle, e finalmente Rachele.

Era vestita di seta nera, con un velo nero. Il suo bel colorito roseo da bionda aveva presa una tinta un po' troppo viva; la persona alta e ben fatta, ingrassando aveva perduta la sua sveltezza. I capelli, sempre d'un biondo cinereo, erano ravviati e lisci, tirati sulle tempia, e raccolti stretti stretti sulla nuca; una pettinatura che scopriva la fronte, ed incorniciava l'ovale del volto alla maniera di certe Madonne di Raffaello; ma, come quelle, apparteneva all'arte antica. Ella non portava, come le eleganti di provincia, le mode dell'anno precedente, e neppure l'ultima moda, copiata troppo fedelmente dal figurino con tutte le sue esagerazioni di cattivo gusto e gli ardimenti di colori. Il suo vestito si componeva semplicemente d'una vita e d'una gonna, senza guarnizioni né gale: ed il bel velo di trina di Chantilly era messo semplicemente sul capo e sulle spalle, e raccolto dinanzi come il *pezzoto* delle donne genovesi. Quella vestitura che non ostentava nessuna pretesa d'eleganza, e realmente non ne aveva, non era neppure ridicola perché nella sua estrema semplicità non attirava l'attenzione, ed in quel paese rusticano era più adatta che i fronzoli cittadini. Ma le dava un'aria vecchia. Giovanni ebbe una rapida visione della figura che avrebbe fatta quella giovine matronale vestita come una massaia ricca, in mezzo alle donnine nervose, brillanti, graziose della società ch'egli frequentava; e gli parve che dovesse riescire ridicola; e stette ad esaminarla con espressione di malcontento. In quella Rachele rivolse verso di lui i suoi grandi occhi limpidi ed il suo volto calmo, e quell'espressione quasi sprezzante non le sfuggì. L'aveva subito riconosciuto; ma a lei pure avevano fatta un'impressione dolorosa la figura giovanile, l'apparenza di lusso e d'eleganza di Giovanni, ed aveva sentita la distanza enorme che li separava. Si fece rossa fino sulla fronte, rivolse altrove la faccia e continuò la sua strada senza più guardarlo, come se non l'avesse riconosciuto. Nell'isolamento in cui viveva, non aveva potuto avvezzarsi a nascondere i suoi sentimenti sotto l'apparenza d'una cordialità gioviale, a salutare sorridendo un uomo che, al solo apparire, mette il cuore in sussulto, a porgergli la mano con apparente serenità, ed a parlargli delle cose più estranee ai loro rapporti. Il suo primo impulso al vedere Giovanni era stato di corrergli incontro colle braccia stese, e di sfogare nel suo seno l'impeto di pianto che quella sorpresa di gioia le faceva salire alla gola. Ma la timidezza naturale, che cogli anni e colla solitudine era aumentata, la paralizzò. Tutto questo non aveva occupato che il primo istante, l'attimo del vederlo e del conoscerlo; nel secondo istante aveva indovinato il sentimento di spiacevole sorpresa che aveva prodotto in lui, s'era sentita ricadere dal sommo della gioia ad uno sconforto infinito. Giovanni le tenne dietro coll'occhio lungamente. Camminava lenta, a passi lunghi e misurati. Era alta e forte, ed il suo incedere riesciva un po' pesante e matronale come la sua persona. In quella vasta cornice di campagna e di monti, quella figura semplice, quell'abbigliatura semplice, quei modi d'una timidezza selvaggia, stavano bene e piacevano. Un pittore avrebbe copiata Rachele per farne appunto una Rachele figlia di Labano. Uno scultore avrebbe ammirate quelle belle forme da Giunone. E Giovanni pure l'ammirava, ma come si ammira la bellezza d'una contadina un po' matura. L'idea ch'egli si era fatta della sua sposa era tutt'altra. Come per istinto, provò il desiderio di correre daccapo a Borgomanero, e di riprendere il treno per Milano senza neppur presentarsi a Rachele; di fuggire. Pure, un pensiero lo intenerì. Gli tornava in mente la bella fanciulla che aveva lasciata dodici anni prima, con tanto avvenire dinanzi a sé, e tanta gioventù, e tanta grazia naturale ed intelligenza da poter diventare una delle più attraenti fra le signore della sua età. Era ricca; avrebbe potuto maritarsi in una grande città, fare una vita brillante. Ed invece s'era rinchiusa nel suo vecchio castello, aveva trascorsi solitari gli anni più belli della vita, lasciando spegnersi la vivacità giovanile del suo carattere, trascurando le grazie della persona, secondando le tendenze di calma, di gravità, che il tempo veniva sviluppando nella sua anima, rinunciando onestamente ad ogni ambizione, ad ogni arte per rendersi piacevole, dacché aveva rinunciato a piacere a quelli che l'avvicinavano, ed il solo a cui avrebbe voluto piacere era lontano. E tutto questo per lui. Poi si ricordava la sera del fossato quando le aveva detto con tutto l'ardore della sua giovine anima: «Vuoi esser mia?» E la giovinetta arrossendo aveva risposto una parola d'amore. Ed egli, graffiandosi le mani, lacerandosi gli abiti, era riuscito ad arrampicarsi sulla sponda del fossato fin alla base del terrazzo, ed aveva afferrato un piede della fanciulla, e l'aveva baciato. Da quel giorno egli aveva patito ogni sorta di privazioni, di dolori, aveva lavorato degli anni, ed avevano sofferto in due, per giungere al momento in cui si trovavano. Ed ora, che quel momento era giunto, egli avrebbe data volentieri tutta la sua gloria e la ricchezza faticosamente acquistata, per risentire la gioia ineffabile che aveva provata allora, nello stringere e nel baciare quel piede. Invece quella gioia era morta e morta per sempre. Il tempo l'aveva uccisa. Bastava di vedere Rachele, per esser convinti che una lunga abitudine l'aveva trasformata così in una campagnola. Era ancora Rachele, ma non era più il suo ideale; ed il cuore di Giovanni rimaneva freddo e calmo nel ritrovarla.

Fece un giro intorno al sagrato per lasciare che si disperdesse la folla; ma i bambini lo seguivano sempre, facendo un gran rumore di zoccoletti. Egli allora costeggiò un tratto il Sissone, da un lato dove la sponda addossata ad un muraglione è tanto stretta che ci può passare una sola persona alla volta; ed i piccoli selvaggi, meno insistenti di quelli dei dintorni delle città, vedendo che il signore li sfuggiva, rimasero un tratto aggruppati sulla strada a guardarlo, poi si dispersero. Giovanni percorse un lungo tratto di quella sponda dove aveva passeggiato tante volte solitario per non essere distratto ne' suoi sogni d'amore. Poi tornò in su lentamente, e si diresse verso il castello. Non gli riusciva più di figurarsi la serra pittoresca, le poltroncine a dondolo, i mobilucci artistici, e tutto il nido elegante e profumato nel quale aveva collocato la bella solitaria nella sua immaginazione. Era triste e scoraggiato. L'aria cominciava a farsi meno chiara. Tutt'intorno i colli e la pianura prendevano una tinta grigia, e dai prati sorgeva una nebbiolina bianca che dava l'illusione d'un lago. I contadini s'erano ritirati nelle case per la cena. Le cicale tacevano, ed appena qualche grillo interrompeva tratto tratto l'alto e mesto silenzio della campagna. Giovanni guardò il castello, e vide Rachele che era rimasta sul portone, curva sul ponte come se guardasse nel fossato. «Mi aspetta» pensò. Ma Rachele era così assorta ne' suoi pensieri che non l'aveva veduto. Soltanto quando fu a poca distanza lo sentì venire; si rizzò sgomentata, ed invece di movergli incontro, rientrò precipitosamente in casa come se fuggisse. Quell'eccesso di selvatichezza sconcertò più che mai il gentiluomo cittadino. Il rossore che l'aveva infiammata tutta al riconoscerlo laggiù sul sagrato, e quel fermarsi sola e pensosa sul ponte, erano prove che la presenza di lui l'aveva commossa. E tuttavia scappava dinanzi a lui come una selvaggia. Egli crollò il capo in atto di sconforto, e passò sotto il portone sospirando.

Nel cortile trovò una serva che lo introdusse nella grande sala del castello. Quella sala, che gli aveva imposta tanta soggezione il giorno della sua ultima visita al signor Pedrotti, ora gli parve grottesca. I grandi seggioloni panciuti erano vecchi senza essere antichi, e la loro forma moderna, e le imbottiture stonavano coi cornicioni e le portiere medioevali della sala. Sul camino troneggiava un grande orologio di bronzo dorato, fiancheggiato da due candelabri monumentali, tutti e tre religiosamente protetti da campane di vetro. Accanto al vecchio pianoforte a coda, erano disposti in ordine sulla scansia dei fascicoli di musica fuor di moda. Non c'erano gingilli artistici, né libri, né fiori, né piante, né giornali, né fotografie, né incisioni, né nessuna delle cose interessanti e belle di cui amano circondarsi le donne di buon gusto. Invece del profumo acre dei coni fumanti, o di quello soave della violetta, si sentiva quell'odore di ammuffito delle stanze lungamente rinchiuse. Era la sala inutile e disabitata delle case dove non si riceve punto. La solitudine di Rachele non era quella della elegante amica di Giovanni, interrotta dalla visita di pochi eletti, da un tè con alcuni privilegiati, che mantengono viva l'abitudine della conversazione, tengono lo spirito in esercizio, e non lasciano morire quell'ombra di vanità femminile che serve a conservare ed a mettere in risalto le attrattive naturali. Era solitudine vera, era obblio, era distacco del mondo nel quale egli viveva, e del quale s'era fatto una necessità come dell'aria che respirava. Rachele entrò rossa in volto e con fare impacciato. S'inchinò dicendo: «O signor Giovanni, come sta?» Poi si pose a sedere sul divano. Anche Giovanni provò un minuto di soggezione dinanzi a quella matrona timida e muta. Ma, senza spiegarlo ben chiaro a se stesso, si sentiva più rinfrancato da quell'accoglienza contegnosa, che non sarebbe stato da dimostrazioni d'affetto più vive. Prese dunque coraggio, e porgendo la mano, nella quale Rachele pose la sua lentamente, per ritrarla subito, le disse: «Ho tardato molto a venire, Rachele?» Ella arrossì più vivamente. Dunque era venuto per lei? Si ricordava la promessa? Non era tutto finito? Non poteva quasi crederlo. Dopo tanto tempo, s'era avvezza a considerarsi dimenticata, a pensare che non si mariterebbe mai più... Quella grande sorpresa di piacere le diede un tal sussulto al cuore che quasi le mancava il respiro, e non le fu possibile di rispondere. Giovanni, imbarazzato da quel silenzio tornò a dire: «Non mi rimprovera questo lungo ritardo?» «Meglio tardi che mai» rispose Rachele tanto per parlare. Ma il senso preciso di quelle parole applicato al caso suo le sfuggiva. Troppi pensieri le turbinavano nel cervello, nuovi, vitali, e che la coglievano di sorpresa. Quel sogno della sua gioventù non era morto; s'era creduta vecchia per l'amore, ed invece poteva ancora essere amata; ed il suo cuore si risvegliava! Ma era possibile che quel bel signore dal volto altero e freddo fosse lo stesso Giovanni di tanti anni prima? E sentisse allo stesso modo? O no; tanti anni prima si sarebbe commosso al vederla, i suoi occhi fissandosi su di lei si sarebbero empiti di lacrime, o avrebbero mandato lampi di passione. Quelli che aveva dinanzi non erano occhi da innamorato; quei modi sicuri, disinvolti, quella voce tranquilla, quello sguardo acuto, indagatore, che la esaminava come per contarle i capelli sul capo e per cercarle una ruga sul viso, non avevano nulla di comune coll'amore. Quel bel cittadino non l'amava. Ed allora perché era venuto? Perché? Ecco; era lui che rispondeva a quella domanda che lei non aveva espressa. «Ah! sicuro; meglio tardi che mai» aveva ripetuto dietro lei. E dopo una pausa, una breve pausa durante la quale Rachele aveva fatte tutte quelle riflessioni rapidissime, riprese: «Dunque crede che non sia troppo tardi?» *Troppo tardi!* Eccola la spiegazione di quella freddezza. Credeva suo dovere di tornare a lei, ma dopo esser tornato, dopo averla veduta, s'era accorto che, sulla giovinetta che amava altre volte, erano passati dodici anni; dodici anni di vita solitaria, fra gente zotica, fra occupazioni triviali; e quei dodici anni l'avevano invecchiata, inselvatichita; avevano distrutto l'ideale ch'egli aveva vagheggiato giovine, elegante, gentile, per farne una buona donna campagnola. O di certo era troppo tardi. La bella fanciulla aveva perdute le sue grazie, ma aveva serbato il suo buon senso per comprenderlo. «È vero» pensò. «Sono troppo vecchia per l'amore, sono troppo provinciale per lui; è disposto a sposarmi per sentimento d'onestà, soltanto per questo».

Ed un gran dolore, un immenso sconforto le strinse il cuore. Il dubbio che l'aveva colta per via d'avergli fatta un'impressione sfavorevole, si confermò, divenne certezza. Si sentì morire di dentro, mentre stava là ritta, immobile sul divano, colle mani incrociate in grembo e gli occhi sulle mani. Giovanni dovette ricominciare a parlar lui; ma andava cauto; era andato là col proposito di sposare Rachele; ed ora aveva paura di compromettersi. Ma tuttavia era impossibile evitarlo. La loro situazione reciproca, tutto il passato li comprometteva. Bisognava parlare di quello ad ogni costo, abbandonarsi al destino. «Sicuro; meglio tardi che mai» disse. «Siamo ancora in tempo a mantenere le nostre promesse...» «O Dio! No» esclamò Rachele col pianto alla gola dinanzi a quella calma fredda che la umiliava. «Non parliamo del passato». «Perché?» domandò Giovanni col tono di voce indulgente che si usa per confortare una persona a cui si vuol molto perdonare. «Perché non è più tempo per me di pensare a... certe cose...». Egli l'ascoltò con aria afflitta, e disse per cortesia: «Ma che, le pare? È ancora molto giovine...» Ma i suoi occhi la fissavano con aria di pietà come se dicessero: «Pur troppo è vero, che peccato!» «No no» riprese lei. «Ci siamo avviati per due vie differenti...» Aveva cominciato a dire con fermezza; ma intanto che parlava, le si erano empiti gli occhi di lacrime e la voce s'era alterata; se avesse aggiunta una parola di più, se avesse detto come aveva in mente di dire: «Le nostre promesse erano ragazzate» sarebbe scoppiata in pianto; perché, soltanto il pensiero di dire quella cosa crudele, le aveva gonfiato il petto d'un singhiozzo, e l'aveva obbligata a star zitta per frenarlo. Giovanni, vedendola turbata a quel modo volle lasciarla sola, e se ne andò dicendo: «Ci ripenserà, Rachele. Ora l'ho presa all'improvviso; ci ripenserà; tornerò quando sarà più calma...» Sicuro; Giovanni pensava di tornare. Non poteva decorosamente troncar tutto così. A Fontanetto non c'erano alberghi dove una persona a modo potesse alloggiare. Dovette riprendere solo ed a piedi la strada di Borgomanero. «Mi fermerò alcuni giorni» diceva, «intanto lei rifletterà meglio». La strada era lunga, e tutta dritta e bianca alla luce fredda della luna. Durante quella camminata solitaria di più d'un'ora, egli ripensava tutto quello che s'erano detto laggiù al castello. Pur troppo era vero; quei dodici anni contavano per venti su Rachele. Non aveva più nulla della giovinetta svelta, rosea, elegante d'altre volte. Non era lusinghiero pel suo amor proprio presentare nelle società di Milano quella sposa matura. Si sarebbe riso; si sarebbe detto che la sposava pel denaro; perché Rachele era anche ricca. Finché aveva vagheggiata una bella fanciulla, non s'era mai dato pensiero di questi commenti della gente sulla sua ricchezza; ma ora aveva bisogno di pretesti per giustificare le sue esitazioni. Un momento rifletteva che quei dodici anni erano passati anche per lui; ma tutti pretendono che gli uomini non invecchiano. Infatti egli ne conosceva molti che a trentasei, trentotto anni avevano sposate delle giovinette di diciotto o venti; e non erano ridicoli, per questo. Ma del resto non era all'età per se stessa ch'egli badava; che! era superiore a codeste leggerezze. Considerava la necessità in cui era di vivere nel mondo; era un avvocato famoso, doveva essere deputato alle nuove elezioni; aveva bisogno una moglie avvezza alla vita cittadina, ai ricevimenti, che sapesse presentarsi in società e fare gli onori della sua casa... Rachele tal quale l'aveva trovata, impacciata, selvatica, antiquata in tutto, non poteva convenirgli. Lei stessa l'aveva riconosciuto; aveva dato prova di buon senso, e sarebbe stato indelicato da parte di lui ritornare su quell'argomento, rinnovarle una scena che evidentemente le era riuscita dolorosa. Il suo amor proprio di donna ne avrebbe sofferto, perché non è mai senza pena che una donna si rassegna a riconoscere la sua età ed i guasti che il tempo ha fatti sulla sua persona. Era una triste, triste cosa, che il suo ideale fosse svanito così. Ci pensò lungo la notte, e ci pensò il mattino in ferrovia, mentre, tutto considerato, tornava a Milano senza aver cercato di rivedere Rachele. Poi ci pensò a Milano, lungamente, sempre. Ma sempre all'ideale, come l'aveva adorato tanti anni prima, giovine, bello, gentile... Forse lo trovò ancora più tardi sul suo sentiero, perché la donna matura di Fontanetto non era più quella, non era il suo ideale.

E Rachele, appena rimasta sola, s'era lasciata cadere sul vecchio divano scolorito, e s'era abbandonata ad un pianto convulso, lungo, disperato. Lei lo sapeva che Giovanni non sarebbe tornato.